-攜手＊不悔相隨-

星神魔女

- Counting on Love 09 (END) -

目錄

INDEX

絕望降臨，帶來的是焚滅萬物的黑滅之焰，
當黑焰殞落之時，無境的黑暗即將吞噬一切——
哪怕沒能用眼神傳達情感，但她的不悔相隨已然言述了一切。
就算要耗盡一生，他們也會攜手一同尋覓歸鄉的路途。
惡鬼與魔女的旅程，還很長很遠，
沒有盡頭的一直延續到無邊宇宙之巔。

Chapter 166

去向

「你們已經決定了嗎？」

身上多處包裹著繃帶的卡爾斯一臉嚴肅的看著眼前幾人。紫羽在一旁照料著他，偶爾會用擔心的眼神掃過他身上的傷處。

儘管身上有傷、臉色微白，可卡爾斯的氣勢絲毫未減。再加上他嚴肅慎重的語氣，讓面前幾人神色緊張。

緋凰深吸了口氣後，肯定的重重點頭；蘭和阿薩特亦同。

蘭自從紫羽揭穿「魅神妲己」利用少女作為實驗的殘忍面目以後，已經捨棄對蘇媚的偶像崇拜了。只是此時的她，多少因為君兒被陷害而被奪去靈魂，神色變得無比憔悴，顯然還沒從自責的情緒中走出。

這一次的事件讓他們決定趁著組織正在做戰前準備，還沒有向他們這些基層人員下達指示的空檔時機，透過卡爾斯的管道離開組織。

「我們已經下定決心了，老大……」蘭第一次對卡爾斯喊出這樣的稱呼，神情有些侷促尷尬，但還是彆扭的語出請求：「以前的事情我很抱歉，不過現在我們只能拜託你了。」

緋凰接著決然的說道：「老大，請幫我們脫離九天醉媚組織，讓我們加入你的黑帝斯星盜團吧！我和哥哥討論過了，與其我們退出組織以後漫無目的在新界遊歷，不如加入老大的星盜團闖出一番事業來。」

說這句話的時候，緋凰眼中閃動著某種狠辣的光采。或許是因為蘇媚的事件，讓她明白了依附在他人組織底下終究不是一個好辦法，畢竟往後難保皇甫世家或者是其餘覬覦她們「遺傳」天賦的宵小之輩再次盯上她們。

但她一窮二白，沒資歷又沒財力，創建不起一個屬於自己的組織，離開九天醉媚後也無處可去，那還不如加入卡爾斯的星盜團。透過這段時間的相處，以及戰天穹與羅剎等人對卡爾斯的信賴，她大約可以得知，卡爾斯雖然是個狠辣嚴肅的領導者，卻也是個重情重義的男子漢——為這樣的領導者工作，至少不用擔心會被倒陰一把。

卡爾斯哈哈一笑，卻沒想到因此牽動身上傷口，讓雪白的繃帶又染上了血跡，直讓紫羽一臉焦急。

「卡爾斯哥哥，你冷靜一點，傷口又滲血了……」

蘭見狀，乾脆上前施展水元素天賦協助穩定卡爾斯的傷勢。只是礙於卡爾斯的血液帶毒，她不敢給予太過深入的治療，她沒有紫羽那百毒不侵的體質，很有可能會在治療卡爾斯的時候反被他毒傷。

「小羽毛別擔心，我既然醒來了，就可以利用星力快速治療傷勢了。」卡爾斯拍了拍紫羽按

在自己傷口上的掌心，溫聲安慰。同時，他制止了蘭的協助舉止。

隨後他看向緋凰等人，點了點頭，開口說道：「我會幫你們安排好加入星盜團的事情；至於九天醉媚那裡你們不用擔心，我想現在他們內部應該已經亂成一團，沒時間關注你們這幾位外圍成員的去向。」

卡爾斯冷冷一笑：「蘇媚那女人被白金大人奪去一身力量，只剩下組織掌控權的她沒有威脅性。失去一身力量，她也難以再鎮壓手下，相信不久之後九天醉媚就會自取滅亡！」

卡爾斯讓紫羽將通訊卡片拿給他，絲毫不避諱緋凰等人在場，直接聯絡起自己星盜團的手下，準備安排緋凰等人的去向。

戰爭將在不久後開啟，儘管現在沒有時間培訓新人，卻也是另一種能讓緋凰等人快速融進團體中的大好機會。透過一起經歷生死危機，相信這場戰爭結束，他們一定也能有所成長，並且加速融入星盜團中。

現在這個時間點，戰天穹已經跟著靈風的精靈艦隊率先出發前往精靈領地，準備前往救援君兒的靈魂。另一邊，人類世界正忙碌的準備戰爭事宜。

卡爾斯礙於身受重傷，錯過了跟上對抗精靈大部隊的行動，所以這一次他打算直接率領星盜團參與對抗戰龍族的大部隊——與精靈戰場相較，龍族戰場上更需要人手協助，以抵擋那些似是要決一死戰的瘋狂龍族。

而只有戰時，星盜們才能光明正大的出現在眾人眼前。在這個時期若有星盜做出傷害人類同族的事情，將會遭到來自於守護神的直接懲處！反之亦同。此時可不是人類自相殘殺、消耗戰力的時候。

卡爾斯隨後為眾人略微講解一番對他們的安排。

「蘭不擅長戰鬥，正好後勤和醫療人員是我們星盜團裡最缺的重要職務，妳到時候就跟著星盜團的醫療總長休斯頓，學習如何利用水元素治療傷患；另一方面我也會安排妳學習收集資料跟分析資料。」

「緋凰的大局觀不錯，性格也足夠狠辣果決，就是眼界窄小了一些。我會安排妳跟在我星盜團裡的一位女性戰艦指揮官身旁，好好跟她學習如何指揮調度。」

「阿薩特性情沉穩，也有擔當傭兵的經驗，但你跟在緋凰身邊浪費了太多能夠好好修煉的時間，可是我沒辦法臨時安排你進入出戰隊伍，因為那可能會打亂同組隊員的戰鬥默契。雖然有些遺憾，只是暫時性的，你先留在緋凰身旁保護她。這個工作我想交給你最適合了，直到緋凰成長到足以以氣勢懾服星盜，我再安排你進入攻擊隊裡。」

這時，蘭忍不住嘆了一口氣，語氣哀傷的說道：「如果君兒也在就好了。」

提起君兒的名字，在場眾人不由得陷入一片沉默之中。

「相信阿鬼會將君兒的靈魂救回來的。」卡爾斯也是一嘆，隨後振起了心神。「我們只要將自己的工作完成就行了。你們現在先把東西收拾收拾，做好隨時離開學院的準備；不過，小心別被學院裡滯留的九天醉媚成員發現了。等我手下跟我確定戰艦何時到來，我會再讓小羽毛聯絡你們。都散了吧。」

卡爾斯揮了揮手，示意眾人離去，隨後便在紫羽的協助下躺回病床，闔眼就要休息。他現在身上還有傷，需要把握時間好好利用星力治療自己。

緋凰等人見此，也不再叨擾卡爾斯休息，便接二連三的離開了房間。

阿薩特在女生宿舍前向緋凰兩人道別，獨自回到教官的宿舍區收拾行李。

剩下的兩女回到自己的宿舍房間，沉默的收拾起這間住了有一段時日的宿舍寢室。兩人的心情不由得有些不捨。

就在收拾一段時間後，蘭猶豫了一會，還是忍不住說出自己的想法：「緋凰，妳覺得我們要不要跟塔萊妮雅教官說一下我們要離開組織的事情？好歹她也照顧了我們那麼久……不告而別我覺得有些不好意思。」

緋凰因為蘇媚暗中指使九天醉媚其他人陷害了君兒一事，連帶對身為九天醉媚成員的塔萊妮雅有了芥蒂隔閡；儘管事後確定了塔萊妮雅並不知道蘇媚的計畫，亦無參與，但她的身分還是令緋凰難以像過去那般的信任她。

可是一直以來，塔萊妮雅確實非常照顧她們，蘭的提議讓緋凰有些兩難。

猶豫了許久，緋凰長長一嘆，說道：「好吧，至少知會一下……我相信塔萊妮雅教官不會因為我們要離開組織而懲處我們的。」

回想起君兒出事時塔萊妮雅痛苦的神情，以及她在知道蘇媚暗中執行的「造神計畫」實驗以後，她的震驚與不可置信，緋凰不由得猜想，搞不好塔萊妮雅也有了脫離組織的念頭。然而，蘭心中的希望才是緋凰打算向塔萊妮雅坦白要脫離組織的主因。

至少，她們要代替卡爾斯和紫羽向塔萊妮雅道聲謝。若不是塔萊妮雅當天的協助，卡爾斯很有可能會身死當場，那無疑對深愛卡爾斯的紫羽是一大打擊。

「找個時間跟塔萊妮雅教官說一聲吧。」

就在緋凰做出決定以後，蘭這才鬆了一口氣。

只是本來兩人打算在卡爾斯通知要離開學院的前一天，再去告知塔萊妮雅此事，沒想到塔萊妮雅卻主動找上了她們。

＊＊＊

就在幾天後，緋凰和蘭要前往神陣高塔看望休養的卡爾斯時，塔萊妮雅意外現身在她們行經的道路上。

「小緋、小蘭，可以耽誤一點時間嗎？我想找妳們談些事情。在一旁的公園談就好了，我沒有惡意。」塔萊妮雅對著她們苦澀一笑。

聞言，緋凰兩人雖有訝異，但見塔萊妮雅眼帶懇求，這才跟著塔萊妮雅走進了一旁的公園裡頭。三人坐在公園的涼凳上。

此時的塔萊妮雅很放鬆，少了身為教官時的嚴肅認真，她所展現出來的恬淡氣度就像是一位優雅的大小姐般。

「小緋、小蘭，我知道妳們想要離開組織……」她一開口就說破了緋凰兩人的決定，讓兩女不由得為之一驚。

「我會替妳們處理好組織的事情。有什麼我可以幫上忙的地方嗎？準備好去路了嗎？如果還沒有，我也能夠透過我私有的管道協助妳們離開，以及假造新身分。」塔萊妮雅看著兩人，眼裡只有姐姐看著妹妹時的溫柔。

她們三人都曾是皇甫世家的大小姐，這也是塔萊妮雅特別照顧緋凰兩人的原因。

「君兒的事情我很抱歉……雖然我沒辦法讓她復活，但我可以想辦法讓妳們自由。」

緋凰怔怔的看著塔萊妮雅，不經意的看見她在提起君兒時眼中閃過的痛苦愧疚。

「塔萊妮雅教官，妳為什麼……」

緋凰還沒將問題說出口，塔萊妮雅便澀然一笑，直接給出了回答：「想問我怎麼會知道妳們要離開組織的事情嗎？」

她輕輕嘆息，眼神看向遠方，疲倦的說道：「組織內部的人，現在私底下都在討論著蘇媚的『造神計畫』；再加上流傳著她已經失去守護神實力的事情，鬧得組織內部惶惶不安。若非現在是戰爭時期，大家都明白此時不是自亂陣腳的時候，否則一些激進分子早在暗中聯繫內部各部門的勢力，決定要奪權了。」

「就連一些平常與我沒有交集的部門主管，都私下前來詢問我的意向。雖然我身處上位，但我更喜歡分析資料和培養新人，對於爭名奪利一事倒不熱衷。再加上此次君兒的事情……我想，不光是妳們，組織裡也有很多人想要脫離了。」想起了最後在她眼前闔眼的少女，還有君兒與戰天穹的身分，塔萊妮雅痛苦的闔上了眼。

塔萊妮雅並不知道君兒只是被奪去靈魂，還有復活的機會。她誤以為君兒已經死去了，便猜想戰天穹可能會有的反應，那一定是痛徹心扉吧？然而，在明白戰天穹私有的身分以後，她也算是真正死了對戰天穹的心了，她不是那名能夠安慰他的那位女性。

同時，也忍不住因為自己的組織竟然對君兒出手一事而感到愧疚萬分，只是她拿什麼身分去道歉？儘管不是自己親手執行那樣的計畫，但身為九天醉媚的一員，這樣的罪責還是深深困擾著她，所以她決定就算自己幫不了君兒，也要幫助緋凰和蘭順利脫離組織！

「連我都有想要退出組織的念頭了。」塔萊妮雅苦笑出聲：「有不少同仁都跟我打過招呼了。此次戰爭結束，將會有不少人離開九天醉媚，包括我也是。」

緋凰先是一愣，神情不由得浮現幾分擔心。「塔萊妮雅教官，但妳的身分……」

塔萊妮雅在組織中好說歹說也是蘇媚名目上的得力助手，若想脫離組織，怕是沒有她們兩人這麼容易。畢竟她替九天醉媚工作了數十年，這其中又接觸過不少秘密，這將是塔萊妮雅脫離組織時最困難的一點——組織很有可能會因為她知曉太多秘密，在她表達離意時對她痛下殺手！

蘭也像是想到了這點，不由得神色驚慌，下意識的拉住塔萊妮雅的手，緊張的說道：「塔萊妮雅教官，不然妳跟我們走吧？我們已經和卡爾斯談好了，他會協助我們脫離組織並讓我們加入星盜團——」

聞言，塔萊妮雅卻是鬆了口氣的笑了出來：「看樣子不用我擔心了。既然妳們已經安排好後路，那就好好把握。」

「至於我的話，暫時還不能離開組織，畢竟要熟悉另一個環境並且上手也需要時間；此時人類包含我都需要全心全意的投入即將展開的戰爭，沒有時間適應新的環境。我目前的工作是我最好發揮才能的地方，所以我暫時不能離開，而且星盜團也不是我的理想去處。至於以後的事情，等這次戰爭結束再說吧。」

認知到塔萊妮雅的關懷發自於真心，緋凰和蘭忍不住微紅了眼眶。

「塔萊妮雅教官，謝謝妳這段時間的照顧。」緋凰站起身，慎重的向塔萊妮雅行了一禮。蘭跟著起身，也是行禮，同時不忘感謝塔萊妮雅當日對卡爾斯的的協助。

塔萊妮雅心中有著淡淡的欣喜，緋凰和蘭這樣的舉動表示著她們並沒有因為那天的事情而拒絕她的關心；可是從她們的感謝之中，她也同樣聽出了她們對她的生疏，這令她感到有些無奈與感嘆。在她培養的組織成員裡，她最疼愛與她擁有同樣血緣的緋凰和蘭，沒想到卻因為組織領導者利用了她們的皇甫世家血脈天賦，害得君兒身死……自此，她便對組織湧現失望之情。

自己何嘗不是為了尋覓一片歸處才加入組織？但蘇媚的行徑卻害得她從此對組織失去信心。

「可以的話請儘快離開，加入星盜團熟悉環境吧。蘭，妳的個性比較直爽卻也太過直接，以

前我會勸妳要改過，不過星盜團反而比較適合妳這樣性格的女孩，往後妳繼續保持這份爽朗就好，但別忘了好好提升實力，星盜團可是比外界更加看重實力的地方。」

「緋凰，我倒是不擔心妳，妳冷靜又聰明，蘭往後就勞煩妳多費點心思照顧了，但妳偶爾會太過小看其他人。永遠不要輕視任何人，那些妳輕視的人，之後有可能會在未來提供妳一些幫助，但卻因為妳的輕忽而錯過了這樣的機會。阿薩特有時給的建議很實際，妳別總是忽視他的建議。」

「另外，皇甫世家那裡的事情我已經替妳們處理完畢了；不過，既然妳們要加入星盜團，那也無須擔心了，皇甫世家還沒那個能耐從冥王星盜手下搶人。」

說到這，塔萊妮雅柔美的臉龐閃過一絲冷色。

儘管上一次的事情主要是自己組織暗中計畫，但執行方面還是由皇甫世家親自動作。她氣憤之下，便暗中指使手下破壞了好幾樁皇甫世家的大生意，若不是礙於此時戰前局勢緊張，若有人類內戰，將會引來全世界人類的共同討伐，她還真想趁著皇甫世家已然衰敗的現在，做些令皇甫世家元氣大傷的舉止來。

塔萊妮雅溫柔又適切的給予兩人一些提醒，但並無太過深入的談論，在保持距離之餘又得體合宜的表達關懷，讓緋凰兩人聽得很是感動。

「教官有想好等這場戰爭結束以後，要去哪裡嗎？」蘭好奇詢問塔萊妮雅的意向。

塔萊妮雅微微一笑，有些心酸的看了神陣巨塔的方向一眼，語氣平緩的開口：「大概是……找個好男人嫁了吧。」

緋凰和蘭知道塔萊妮雅喜歡鬼教官的事情，只是當君兒的身分揭曉以後，以塔萊妮雅的聰慧，她不可能猜不到鬼教官暗地裡的身分。於是兩人不禁紛紛對失戀的塔萊妮雅投以同情目光，同時忍不住因塔萊妮雅十幾年為鬼教官痴守滄瀾學院而暗中嘆息。

有時候痴情不代表就能得到回應，尤其對象還是那位寡情冰冷到了極點的戰天穹。若非君兒前世和他有緣，彼此的靈魂又因為擁有共同的頻率而互相吸引，恐怕此生他將不會為哪位女子牽掛慕戀了。

「別提我的事了。緋凰，阿薩特是個好男人，可別放跑他囉；蘭的性格太直接了，不過相信也會有人喜歡這樣的蘭。祝妳們都能幸福。」

緋凰再一次因為別人提起了自己哥哥阿薩特的事情而尷尬紅了臉；蘭倒是哈哈大笑，不忘用著曖昧的眼神掃了緋凰一眼。

在緋凰加入九天醉媚後，因為既定的健康檢查，無意間檢測出自己和阿薩特其實無血緣關係時，愣是和阿薩特鬧得有些尷尬——表面原因是緋凰不曉得該如何面對與自己沒有血緣關係，卻

又關係親密親近的阿薩特，其實旁人都看得出緋凰這是在彆扭害羞了。

只是感情的事情誰也說不清，所以塔萊妮雅沒有再繼續多提此事，就怕緋凰會更尷尬。

這一次別離，往後或許再也不會見面了，所以塔萊妮雅把握機會，和緋凰兩人做最後的交代，然後才和兩人正式告別。

「小緋、小蘭，我們有緣再見了。」

塔萊妮雅目送著緋凰兩人離開，直到她們走遠以後這才輕輕一嘆。此時九天醉媚內部已然動盪混亂，連她都無法保證此次戰爭結束自己能不能順利的脫離組織，她自然希望緋凰兩人能趁著戰爭還未開始前趕緊脫離，要不然可是會捲入戰爭結束後的組織內部爭鬥之中。

塔萊妮雅遠遠遙望著學院中心的神陣巨塔，神色淒然。

或許，她也該向學院提出辭呈了……

＊＊＊

幾天以後，卡爾斯的手下駕駛著一艘戰艦前來滄瀾城，迎接他們的老大以及新加入的幾位夥伴。星盜們在知道卡爾斯又招攬了兩位俏美人入團後，激動得不得了，看著緋凰兩人的目光好似盯上了肥羊的餓狼……若不是卡爾斯警告在先，恐怕這些負責接引的星盜早就衝上前大獻殷勤了。而阿薩特儘管和緋凰目前關係曖昧，沒有實質進展，但他靜守在緋凰後方的姿態已然表達了他的立場。

卡爾斯為了不讓手下擔心，早已穿上軍裝，利用軍裝遮掩纏繞在身上的繃帶。他腰桿挺得筆直，神情凜冽，絲毫不像個受過傷的人。

只有站在他身旁的紫羽知道，卡爾斯要維持這樣的威武形象有多辛苦。他這位身為星盜團主心骨的老大一旦表現出哀弱，很有可能會造成星盜團內部的混亂。

「我們走吧。」卡爾斯眼神複雜的看了遠方的神陣巨塔一眼。

他們在離開前再去看望了君兒，可惜沒能等到戰天穹帶著君兒的靈魂歸來。他們有很多必須去做的事情，容不得他們將時間耗在等候之上。

緋凰等人幾乎三步一回頭，而率先一步登上戰艦的卡爾斯則很有耐心的等待著。離情依依，可惜沒人能來為他們送行。就連塔萊妮雅也礙於身分，只能站在滄瀾學院門口遠望著滄瀾城外那艘停靠在宇宙機場上的戰艦，透過這樣的形式默默送行。

戰艦載著幾人起航出發了。

緋凰不捨的看著滄瀾城在觀景窗中越縮越小，有些傷感。在滄瀾學院裡，她們度過了一段自

由自在的學生生活，奈何這樣的和平結束了，往後，他們即將踏上另一條與過去截然不同的生命旅程。

此時他們有了新的任務與目標——戰爭即將開始，若是君兒得以在戰前甦醒，相信以她的實力與戰天穹的關係，必定會親上前線，到時，他們就在戰場上碰面吧！

緋凰此時已然換上一身方便活動卻又不失英挺的軍裝，不過這一次是深紫色系。一頭粉色的長髮規矩的束於腦後，然而貼身的裝束突顯了她姣好的身材，在嚴肅之中又增添了一絲優雅的感覺。

當她銳利的紫色眼眸掃過也是一身同款式卻是深藍色澤軍裝的藺時，兩人默契般的不約而同露出笑容來。

阿薩特自然守在緋凰身旁，他身上穿著純黑色的軍裝，款式簡潔俐落。

這一次，他們將要加入前往龍族戰區的戰艦部隊，以全新的身分展開充滿危險的新生活。

緋凰有預感，她很快就會喜歡上「星盜」這種恣意遨遊、灑脫又熱血激情的生活了。這才是她們一直追求的自由！

Chapter 167

異樣星空

巫賢正在忙碌的檢查君兒的情況。他要君兒將蝶翼圖騰召出，然後使用自己的「命運咒書」檢查圖騰的情況，試圖了解為何圖騰已被毀滅之力染成了紫紅色，君兒卻沒有被毀滅意識操控思維。

而戰天穹一甦醒沒多久，巫賢則絲毫不顧他的殺人目光，直接利用符文完全限制住他的行動。他就像實驗檯上的小白鼠一樣，被巫賢反覆檢查了無數次，直到巫賢確認他無礙以後，才釋放了他。

若非戰天穹憂心君兒的情況，此刻怕已和巫賢打起來了。

「君兒，妳真的沒有感覺到什麼異常嗎？」巫賢神情凝重的詢問道。

面對巫賢的檢查與詢問，君兒顯得有些拘謹。畢竟對她而言，巫賢可以說是第一次見面的……親生父親！要她輕鬆自在的面對他，那是不可能的。

「就是……有種說不出的輕鬆感？」君兒無法用言語講述內心那種比起過往輕鬆的狀況是怎麼一回事。

戰天穹像是若有所覺的詢問了君兒一句：「君兒，妳是不是感覺心情和思緒正面許多？好像內心深處的陰暗不見了一樣？」

「好像吧？」君兒無法給出肯定的答案。

相較於巫賢的不解和君兒的茫然，戰天穹倒是鬆了一口氣。

「那就不要緊了。如果我沒猜錯的話，可能是毀滅意識消失了也不一定，但這還有待確認。君兒等會妳在我和巫賢的監控下解放魔女之力試試，看看妳是否還會像以前一樣，短暫的陷入被控制的狀態。」

巫賢眉一皺，似乎不贊同戰天穹的提議。他冷瞪了戰天穹一眼，推了推眼鏡，說道：「你就不怕君兒瞬間失控？要知道魔女之力可是……能夠讓君兒瞬間提升好幾個等級的可怕力量。」

「總要檢查看看。要不然等君兒上了戰場，不得已解放魔女之力後卻失控了怎麼辦？還是說，巫賢你沒那個自信可以壓制住失控的君兒？」戰天穹語出挑釁，比起過往的寡言冷漠多了幾分邪肆。

這或許是受到那場考驗的後續影響，讓戰天穹深刻感覺自己如今擁有的一切是多麼的珍貴，也因此打破了內心過往的桎梏，決定不再壓抑自己的真正情感。只不過，面對自己過去最無法原諒的巫賢，他的態度難免因此變得猶如噬魂一般的狂妄；若非巫賢怎樣反覆檢查都顯示戰天穹沒有問題，否則此時的他，怕是很難說服眾人他沒有被宇宙暗中操控。

但這樣的戰天穹，無疑比以往更像真實的人類了。

巫賢因為戰天穹的挑釁，劍眉緊鎖。思考了許久以後，他才同意了戰天穹的提議。至少現在

他們在君兒身邊，有任何意外可以當場發現與處理。

巫賢關心的詢問君兒：「除了心情輕鬆以外，精神力和精神空間內部的狀況呢？」

君兒微微皺眉，「我檢查一下精神空間的情況。」

語畢，她便闔上了眼，意識進入自己的精神空間檢查狀況。她在靈魂得以回歸身體，並且結束考驗之後，還沒檢查過自己的精神空間。

巫賢和戰天穹心情緊張的等候君兒的檢視。畢竟靈魂與精神力有直接的關聯，就怕君兒靈魂離體以及考驗失敗，會對精神力和精神空間造成什麼樣的影響。

君兒忽然「咦」了一聲，讓一旁等候的兩名男性不由得心臟一跳。

「天穹，你透過精神印記進來我的精神空間一下！」

君兒的語氣有著震驚，卻沒有恐懼或者是緊張的情緒，讓兩名男性微微鬆了一口氣。

可聽君兒這樣說，巫賢立馬用著殺人般的目光瞪向了戰天穹。他知道精神印記代表著什麼意思，這意味著君兒對戰天穹信賴，足以令她完全開放自己的精神空間讓對方自由進入！

巫賢警告出聲：「我想，你事後得給我一個合理的解釋，不然我會強制解除你留在君兒的精神印記。」

戰天穹冷冷的睨了巫賢一眼，簡單解釋道：「是我早期替君兒強制覺醒精神力時自動生成的精神印記，你若要強制解除，君兒就得割捨掉我讓給她的那兩成精神力，那可是會重創君兒的精神空間，你確定要這麼做？」

他在相隔多年以後，才終於在君兒面前承認了自己在為她覺醒精神力時，犧牲了自己的兩成精神力。

巫賢聞言，登時鐵青了臉色，冷哼了聲不再言語。

閉著眼睛的君兒苦悶一笑。

「天穹、爸爸，你們別吵了……」她無奈的插話，試圖中斷兩人的爭執。

戰天穹一個拂袖，才走到君兒身旁，抬掌按上君兒的額心，一個闔眼便在瞬間進入了君兒的精神空間。

只是這一看不得了！

君兒以前的精神空間猶如宇宙初開時的星空場景，而在她提升實力以後，精神空間也一同進化，隱約有了宇宙的雛形，只是架構並不完全，無數殘破粗糙的星體圍繞著正中心的蝶翼圖騰徐徐旋轉。

在戰天穹與君兒分離前往魔陣噬魂之前，君兒還有和他一起練習過精神力的運用，但他已有一段時間沒有查看君兒精神空間的情況，沒想到當他的意識闊別一段時日進入君兒的精神空間以

後，卻看見了令人意想不到的光景——

戰天穹不可置信的瞪大了眼，隨後嚴肅了表情。

他看到了一片宇宙。

真正的宇宙，不再是朦朧迷幻的虛幻宇宙，而是真真正正的宇宙！

由各色星點組合而成的絢爛星河點亮了原本漆黑的精神空間。偶有耀眼燦爛的流星劃過，在星空上拖出華麗的焰尾。螺旋狀的星雲在繞著中心的蝶翼圖騰旋轉時，不時閃動著白紫藍紅的美麗色澤，令人看得目眩神迷。

一個宇宙該有的架構這裡全都有了；但君兒在靈魂被靜刃奪去以前，她精神空間呈現的畫面還僅僅只是一個粗糙不完整的宇宙景象！

這變化之大，連戰天穹都不得不嚴肅以待。

他仰望著前方的星空奇景。

「天穹！」君兒的精神體飛了過來，落到戰天穹的身旁，陪他一起眺望自己精神空間中的星空景色，同時面露困惑的問道：「好奇怪，難道靈魂傷勢痊癒也會讓精神空間自然進化嗎？」

戰天穹一愣，隨後仔細感覺了一番，卻沒有發現君兒的精神空間有異常。他沉默的不發一語，深思著。

而看著戰天穹深思卻沒有緊張凝重的神情，就算他沒有解答君兒的問題，卻也無形的讓君兒知道，自己精神空間的變化並非壞事。

先前因為巫賢在場，她實在不好意思當著自己親生父親的面與戰天穹親近。但此時兩人身處她的精神空間，她再無顧忌，直接上前，輕輕抱住戰天穹一手，整個人依偎了上去，嘴角彎起一抹幸福滿足的笑顏，竟是向愛人撒起嬌來了。

分離一段時間，她終於願意拋棄矜持，向愛人表達情意了。

戰天穹回神，看著終於願意向他表達真實情緒的君兒，不由得心暖了幾分。在君兒成長以後，儘管彼此終於傾訴真情，她卻開始變得矜持靦腆，比起小時候的天真爛漫拘謹了許多，不禁讓戰天穹有些遺憾。

面對這樣的君兒，戰天穹心頭微顫，將她直接摟進懷裡。

「君兒，妳可以對我盡情撒嬌沒關係，我是妳男人，不是外人。」

君兒因為戰天穹這樣的一句話而漲紅了臉，然後靠在他懷裡囁嚅了一句：「都還沒嫁給你呢。」

戰天穹低低一笑，說道：「反正妳遲早會是我的人。」他似笑非笑的看著羞澀又一臉驚愕的君兒。

「天穹你、你……」君兒竟是說不出一句完整的話來。面對這樣不同以往、放肆發言的戰天穹，她覺得有些陌生，卻又覺得他本來就應該如此。

直到今日，君兒才真正看見戰天穹的完整自我。

戰天穹一嘆，卻是彎低身子，將額頭抵在君兒額上，用著帶著幾許惆悵與感慨的語氣，望著她那雙美麗的星星之眼說道：「宇宙意識的那場考驗給我的衝擊太大，我以前從來沒想過如果我沒有遇見羅剎、卡爾斯，或者是小龍戰死沙場的話，我的未來會是怎樣一幅光景……儘管最後考驗失敗，但無疑給了我一個警醒，讓我開始想要珍惜現在我得以遇見、並且給我很多幫助的人。」

「君兒也是。如果我沒遇見妳的話……」

戰天穹深深吸了一口氣，神情染上痛楚。「我想，我可能終其一生在痛苦之中度過了吧，然後就像考驗世界裡的我一樣，最後步入自我毀滅的道路。」

「現在的我，只想珍惜我擁有的一切，我要代替考驗世界的我擁抱幸福。我不想再去忽略那些真心關愛我的人，不想將來遺憾終生。」

君兒可以感覺到擁抱著自己的男人正在顫抖，顯然那樣的想像讓他有多恐慌。但能夠說出這樣的話來，正意味著戰天穹終於跨出內心桎梏，決心要展現真正的自己，並且回應那些始終給予默默支持的人了。

君兒親身參與並且見證戰天穹的成長，內心滿是感動。她滿心歡喜的緊緊回擁戰天穹，表達自己的支持與鼓勵。

「謝謝妳出現在我的生命之中……君兒，妳就是我此生最美的奇蹟。」

戰天穹講出自己內心最真實的感受，語氣中的幸福與滿足，聽得君兒眼眶微微泛紅。她想說自己其實沒那麼好，但看著戰天穹眼中的誠摯情感，卻讓她將那句自我否定的話語嚥了回去。或許此時，沉默才是最完美的答覆。

兩人互視一會，君兒才溫柔又俏皮的笑了：「我也要謝謝天穹出現在我的生命裡頭。此生有你，我不寂寞。」

「傻瓜。」戰天穹心暖不已的感嘆出聲。

只是就在他意欲親吻君兒時，卻意外被君兒紅著臉制止了。

「等等、既然我的精神空間沒問題的話，還是不要讓爸爸久等吧？」君兒有些尷尬的說道。

儘管意識交流對外界而言是短暫一瞬的事情，不過聽巫賢先前對戰天穹的敵意發言，君兒實在不好意思讓那位重逢不久，卻保護欲強烈的父親，因為他們意識親密交流而對戰天穹更加惱火。

戰天穹的臉色在君兒提起巫賢時略微染上了幾分惱火，但他卻是留給了君兒一抹意味深長的眼神，然後順著君兒的意思退離了她的精神空間。反正，既然君兒的靈魂已回歸身體，他們有的是時間親熱。

儘管兩人在精神空間內交談了許久，對等在外頭的巫賢僅僅是幾次呼吸的時間而已，但此時巫賢卻是不耐煩的反覆推著眼鏡、時不時翻動手中的書冊、然後不停的走來走去。

直到戰天穹率先睜開眼眸，衝著他冷哼出聲，巫賢才態度惡劣的質問道：「君兒的精神空間怎麼了？」

戰天穹雖然不滿巫賢的態度，但還是冷靜中立的將君兒的情況轉述而出。

「……大概就是這樣，不過我沒有感覺到任何異常。我親自接觸過宇宙意識，我清楚祂的力量給人的感覺；但君兒的精神空間完全是自我進化的跡象，沒有任何一絲外力介入的痕跡。我想這或許是因為她的靈魂在精靈王靜刃的協助下得以痊癒復原，連帶也讓精神空間跟著進化完整的原因。」

巫賢眉頭一皺，卻不怎麼相信。他在君兒醒來後，再次詢問君兒情形，並且在得到與戰天穹差不多的回答以後，才勉強相信了此事。

可最讓巫賢擔心的還是君兒的魔女之力，眼下時間有限，他不再考慮，直接提出建議：「君兒，我想看看妳解放魔女之力。我將這裡的空間封鎖起來，妳就在這裡解放魔女之力吧。」

巫賢開始著手操控金書，使用符文技巧結合巫族術法將他們所在的空間完全封鎖起來，阻隔宇宙的窺視。在完成這樣的舉止以後，他便示意君兒解放力量。

君兒看著巫賢朝她投來的鼓勵眼神，讓她感到有些侷促。幾乎是下意識的，她靠近了戰天穹身邊，準備在戰天穹伸手可及的所在，就如過往那樣，在他身旁解放魔女之力。

看著君兒下意識的選擇遠離自己並靠近戰天穹，巫賢的金眸黯了黯，眼裡閃過一絲對自己的自嘲以及對戰天穹奪去女兒信賴的氣惱。

這是君兒在宇宙意識的考驗結束後，正式第一次解放自身的魔女之力。

這一次君兒解放魔女之力引來的變化非同小可——只是令人意外的是，這一次與過去不同，她完全沒有感受到毀滅意識操控她意識的情況，在力量解放的瞬間，她感覺得到自己已能真正掌控自身的一切力量！

「咦？」君兒一愣，回神後檢閱了自己一番，沒有發現任何的異狀。

不只君兒訝異，就連巫賢也難得震驚的瞪大了眼。他曾經親身面對過覺醒成終焉魔女的牧非煙與牧辰星，自然深刻記得魔女之力給人的感覺。然而，眼前的君兒和當時成為終焉魔女的兩女

不太一樣，尤其是那令人顫慄的力量感……

「不太對勁，這份力量是不是比以前君兒妳練習解放魔女之力時弱了許多？」戰天穹微瞇赤眸，若有所思。

「對，似乎比以前解放魔女之力時更弱了幾分。除此之外，這一次我完全感覺不到負面以及只想要毀滅一切的感受……」

君兒搧了搧背後的蝶翼，再度仔細感受解放的魔女之力後說道：「雖然力量比以前更弱了，但吸收星力的速度卻更快了幾分。感覺好像只要給我時間，運用魔女之力就能夠讓我毫無瓶頸的在短時間內擁有星界級、甚至是星域級的力量也不一定？但這份力量有種透過外界暫時提升的感覺，操作上有點遲滯生澀、沒辦法完全掌握……這樣的力量應該並不是永久性，而是暫時性的力量。」

戰天穹和巫賢兩人皆是一愣。

巫賢隨後激動了起來。他知道這意味著什麼——這意味著君兒真正的掌握了完整的魔女之力！而毀滅意識顯然已經不存在於這份危險力量之中了，君兒可以暢快自如的使用這份力量！就算只是暫時性的力量，在未來戰鬥時也有極大的好處！

但是有一個疑點：明明沒有通過考驗，可為何君兒卻掌握了完全的魔女之力？

「想不通就別想了，趕緊把握時機掌握妳新生的力量。如果我沒料錯的話，魔女之力應該還有很多尚未被發掘出來力量；妳的精神空間也是，那片奇異的星空是我見過最奇異神秘的精神空間，或許這是因為君兒妳是由宇宙意識分離而出的靈魂，連精神空間的特性也都帶上了一些宇宙的特質也不一定。只不過，還是得嘗試看看妳的精神空間實際運用出來會是什麼樣的效果。」

戰天穹最後鬆懈了情緒，平靜且溫柔的望著君兒。然而，他這彷彿先知先覺的態度，卻令巫賢心生不安。

「戰天穹，為什麼你會知道那麼多？」巫賢眼中不由得浮現了敵意。

戰天穹冷睨了巫賢一眼，「我不知道。」但還是開口解釋：「或許是因為宇宙意識本來打算操控我卻沒成功，但有些關於毀滅意識的知識卻進到我腦海中了也不一定。只是，更多細節的我就不確定了。說老實話，我也不知道宇宙意識到底在搞什麼鬼，但我唯一可以肯定的是……那傢伙就如巫賢你所說的那樣，似乎在『觀望』什麼。」

「說到這，君兒之前聽到的那個神秘聲音是不是也沒有再出現了？」

君兒肯定的點頭，「嗯，那個聲音在我回到身體沒多久後有聽到一次，然後就進入了考驗空間。而在考驗空間裡頭祂曾問過我……誕生於宇宙意識的我為何要留戀『人』的情感……之後就再也沒聽到祂的聲音了。」

宇宙意識對君兒的提問，讓在場兩人陷入沉思。

良久後，巫賢一聲長嘆，打破了沉默，「既然我們不了解宇宙意識的布局，乾脆不要猜了。先提升自己的實力比較重要，至少能夠讓我們以完全的姿態去面對未知的考驗。」

「就這麼打算吧。君兒，妳跟我來，妳現在得試著熟悉自己新生的力量才行。」戰天穹難得肯定了巫賢的建議，招呼君兒就想帶著她利用實戰熟悉自己的力量。

「等等！」巫賢忽然語出喝止，「戰天穹，我的『女兒』我自己照顧。」他刻意強調了「女兒」一詞，看著戰天穹的眼神不由得閃過幾分敵意。

「……」戰天穹只是沉默，眼神冷冽的與巫賢四目相瞪。

這兩位在她生命中占據頗重要地位的男性彼此互不相讓，使得君兒感到有些尷尬。

「巫賢，戰爭就要開始，現在是分秒必爭。你身為君兒的『父親』，你能保證你在陪她修煉時，不會因為你對君兒的關愛而對她放水嗎？」戰天穹危險的瞇起眼眸，語出警告：「君兒現在需要的是能夠協助她儘快熟悉力量的修煉對象，不是一個只想付出父愛的『好爸爸』。」

巫賢表情微微一僵，神情有著狼狽。正如戰天穹所言，他與君兒久別重逢，真要他狠下心來鍛鍊自己的女兒，還真辦不到。

沉默了一會後，他才語氣低沉的說：「至少讓我跟我女兒單獨談些事。」儘管沒有言明，但巫賢這句話也暗示著他的讓步。

「沒問題。」見巫賢讓步，戰天穹也不再刁難。他在巫賢面前輕擁了擁君兒，惹來巫賢這位父親的惱火瞪視。

「君兒，我在演武場等妳，哪時候忙完這邊的事情再過來。」戰天穹簡單交代了一番，同時利用精神傳訊暗中告知君兒：（好好聽聽巫賢的故事吧。就跟羅剎當時一樣，他們都為了妳做了很多事……好歹他是妳的血親父親，給他時間和機會彌補不在妳身邊陪著妳成長的遺憾。至少妳還有血親在身邊，不像我連道歉和補償的機會都沒有。）

聽戰天穹這樣說，君兒才輕輕點頭表示同意。然後她低垂著頭緩步走到巫賢身前，有些彆扭、不習慣的喊了一聲：「……爸爸。」

這一聲「爸爸」，讓巫賢幾乎是瞬間就紅了眼眶。

「巫賢，解除空間封鎖讓我離開。」戰天穹站在符文閃動的封鎖線邊緣，頭也不回的提醒道。

巫賢隨意抬了抬手，本來封鎖著這處空間的符文忽然為戰天穹讓出了一道缺口，讓他毫無窒礙的離開了此處，留下一對分離許久的父女相面對。

Chapter 168

和平倒數之日

這天，巫賢和君兒談了許久。戰天穹直到傍晚時分才在演武場等到君兒的到來。

君兒眼睛有些紅腫，顯然方才哭過。然而，戰天穹看著她臉上溫暖開朗的笑容，知道她雖然哭了，心情卻一定是輕鬆快樂的。只因為這樣，他就覺得今天將君兒讓給巫賢沒什麼不好的了。

「和巫賢談好了？」

「嗯，我都不知道爸爸他們為我做了那麼多……」君兒心中有愧，顯然對於自己一開始對巫賢的疏離抗拒感到羞愧。

戰天穹緩步上前，一把將君兒擁進了懷裡。

「知道就好。好好對待他們，至少他們是真心愛妳，才會為妳做那麼多事情。」

「好。」久違的懷抱與體溫，令君兒不由得紅了小臉，卻是滿心幸福的回擁戰天穹。天曉得她思念愛人的懷抱有多久了，失去身體只剩下靈魂，讓她只能透過思念回憶。

戰天穹捨不得放開懷裡的纖細人兒，天知道他之前每天要面對體溫冰涼、依靠神陣維持性命的君兒身軀有多慌張，只能透過修煉麻木自己，等待救援君兒的時機到來。他真的許久沒能這樣抱著她了……

就在這時，君兒抬起頭來，心疼道：「抱歉天穹，這一次讓你擔心了。我好心疼考驗世界的你……」

戰天穹嘆了口氣，為了考驗世界中的彼此而感嘆感傷。

「至少現在我們是如此幸運的相遇相愛；也是透過這一次考驗，我終於能夠面對絕望，看到自己內心的希望微光。還記得妳以前說過的話嗎？『唯有相信自己就是奇蹟，才能創造奇蹟』。我在猜是不是這句話，讓我得以在宇宙意識想要操控我的時候逆轉了局勢？」

「無論如何，我都會懷抱著這樣的心情堅持下去，這也是君兒妳以身作則教會我的正面心理……」

戰天穹溫柔的望著君兒，能夠再次看見她的笑容與那雙美麗的星星之眼，讓他有些情不自禁的俯低了臉龐，在君兒俏臉微紅、闔上眼眸默許他的行為時，有些激烈粗魯的吻住了她。透過這樣的溫情纏綿，一解自己先前的痛苦與相思。

君兒也難得主動回應戰天穹的吻，她抬手攀上戰天穹的肩，將身子全然偎近他懷裡，深刻的感覺彼此的體溫與呼吸。

＊＊＊

在二十幾天後，星辰淚火就要提前降臨，他們只能把握時間好好彌補這段日子分離的思念。

和平的日子正在倒數計時……

永夜精靈的母艦上，長老協會的成員們正各自指揮調度著旗下族人，與失去神靈陷入混亂的神眷精靈戰鬥著。

「一舉拿下那些叛逆者！」大長老神情肅然的下達指令，展現了令所有精靈為之臣服的強悍氣勢。

大長老這個職位，從精靈王出現以來，就一直扮演著精靈王的得意助手，是夥伴、也是老師與親人的角色。他們擁有與王不相上下的智慧，卻甘心擔當王背後的影子默默協助。他們親眼見證王者的誕生與死亡，深刻的參與王的成長，而為了能夠輔佐精靈王，大長老一向都是由族中最有智慧才能的精靈擔當，可以說是精靈王生命中極少數能夠了解他們狀況的存在。

就在靜刃與靈風於戰場上雙雙失蹤以後，兩大精靈族陷入混亂。大長老雖然因為母樹高唱起了王者哀歌而痛苦不堪，卻還是堅強的站了出來，以他僅次於王的身分資歷、再加上長年累積的智慧穩定了永夜一族的慌亂，趁著神眷一族同樣陷入混亂時給予對方致命打擊。

或許是失去了王的指揮，大長老的強勢態度，令不少精靈明白了或許他們真的不需要太過依賴王，光憑著尋常精靈也能夠做出許多事情的事實來。許多原本總會下意識依賴王，但本身很有才能的精靈在這場戰爭中崛起，無形對永夜精靈種下了充滿希望與多元性的未來種子。

而這時，大長老本來嚴肅的神情忽然一愣，神情瞬間染上激動與驚喜，卻是片刻收斂了心情，流露出一副疲倦勞累的模樣。

一旁協助他指揮戰局的長老不由得擔心的看著他，語出勸說：「大長老，您年事已高，既然大局已定，您就趕緊去休息，剩下的由我和其他長老執行就好了。那些沒有王統治的神眷一族不足為懼。」

「也好。」大長老輕嘆了聲，邁開蹣跚的腳步，在眾精靈關懷的目光下離開了指揮室。

只是當他走在戰艦的走廊上時，腳步忽然一反先前的蹣跚，不由得加快了速度，卻又不得不在遇見同族時放緩腳步，不讓同族發現他的急躁。

最後，大長老來到了母艦上移植著母樹的寬敞大廳……

他深吸了口氣，竟然是顫抖著手開啟了大廳的門扉，然後快速的閃身進入其中。

母樹前方空無一人，但大長老卻是戰戰兢兢的繞到了母樹之後，當他第一眼看見那一臉麻木、神色憔悴的黑髮精靈癱坐在母樹根處時，忍不住淚光滿盈。

大長老看著靈風緊握在手的碎裂水晶，一眼認出了那似乎就是傳言中的半神格，這意味著成神的靜刃已經……

先前母樹高唱哀歌，他原本以為兩位精靈王都在戰鬥中雙雙身殞，但此時靈風卻平安無事的

回來時，大長老忽然明白了，恐怕是靜刃做出了什麼事情，讓靈風終能從永恆的王者宿命中解脫自由，而靜刃，怕是選擇了另一條決然的解脫之路……

「沒事就好、沒事就好。」大長老聲淚俱下，卻是欣慰滿足的對著靈風如此說道。他蹣跚的走到靈風的身旁，將那神情木然絕望的靈風輕輕攬進懷裡，像在哄著自己的孫兒一樣。

「沒事了。」大長老慈愛的安慰著靈風，明白他遭到多大的衝擊。儘管靈風口口聲聲說要向靜刃討個公道、要決一生死，但他還是非常崇拜與愛著他的兄長。

「大長老……哥哥、哥哥他——我殺了他，我殺了靜刃、我殺了我的雙生哥哥啊！」見到自幼最疼愛自己的大長老應訊而來，靈風忍不住抱著這位老者痛哭失聲。「我一直以為哥哥成神，是為了讓自己得以從累世的王者宿命中解脫，卻不知他的『解脫』，追求的竟是自己靈魂的永逝與我的真正自由……我都不知道他之所以做了那麼多，全都是為了我……」

靈風一想到靜刃最後化為光點消散前那個他從未見過的輕鬆神情，那彷彿放下了一切責任、揚著單純且幸福的笑容，他內心便痛苦不已。

他以前甚至還有過哥哥背叛他的念頭，內心說沒有埋怨是騙人的；沒想到一切都不是他想的那樣！儘管最後他還是失去了兄長，但意義卻完全不同。

「我以前還一直怪罪他的背叛與傷害了君兒……哥哥他究竟是用什麼樣的心情面對我的每一

次責難？」靈風抱著大長老，聲淚俱下的傾訴著自己的痛苦。

「明明我是他弟弟，卻是最不了解他的人……直到事情到了無法挽回的地步，我才知道他的一番苦心……可我們不是兄弟嗎？！兄弟不就應該是要互相扶持、共度難關的角色嗎？但為什麼哥哥不讓我知道這一切！」

大長老輕輕拍著靈風的背，為他此時的痛苦而心疼。

「我在靜刃成神那時隱約猜到了他的想法。但因為那僅僅只是我的猜測，所以沒有告訴靈風，直到你們雙王對決、不久後族群集體失去了與靈風你的連結，我才終於肯定了靜刃的想法。」大長老像是早有預料的沒有太多驚訝，而是感嘆與釋然的情緒居多。

或許，早從不知道哪一代的大長老開始，就多少明白了精靈王真正的願望吧！

「仔細回想，我才知道靜刃小時候雖然會逼迫你學習精靈王的知識，但卻全權代你承擔起王的責任，希望你還能保持開朗快樂的性格時，他就已經做好決定了；或者該說，當精靈王的靈魂在降臨那時一分為二，你們彼此的命運已經決定好了……這一世，將會是他的結束、你的全新開始……為了保有你的『單純』，所以他隱瞞，也承擔了一切。」

靈風哽咽低語道：「靜刃是得到解脫了沒錯，但他難道就沒想過活著的人會有多痛苦嗎？」他死死抓著大長老的衣袍，渾身顫抖。「靜刃他在消散前竟然跟我說，如果我恨他能夠讓我活下

去，那就恨他吧——哥哥是大笨蛋！他難道不知道我永遠都不可能真的恨他嗎？我們、我們是靈魂雙生的兄弟啊……是這個世界最親近的存在……我怎麼可能、恨他……」

此時的靈風再無昔日灑脫的氣質，脆弱的好比嬰孩一樣，無助且悲傷。

「我是自由了，但然後呢？沒了精靈王的身分，我又應該以什麼樣的身分活下去？哥哥不在了，再也不會有人為我的偷懶怠惰而嚴肅指責我；不會有人又用著無奈和包容的語氣提醒我該整理一下凌亂的瀏海了；不會有人再縱容我的貪玩了……」

「最後、哥哥還是丟下我了，就算我們彼此的靈魂已經割捨了連結，但心還是、好痛……」

大長老溫聲安慰靈風：「沒事了。至少靈風已經自由了……你不需要和靜刃一樣再承擔那樣的沉重責任，往後，你可以以一位自由精靈的身分而活。也請別責怪靜刃，精靈王那無限輪迴的記憶真的太過沉重，靜刃他是真的累了……」

靈風喃喃的回了一句：「我不怪他，我只恨自己的無能……有了力量又如何？最後我還是什麼忙也沒幫上哥哥……」

這個世界最痛苦的，並不是自己沒有足夠的能力可以保護自己重要的人；而是空有能力，卻什麼事也幫不上忙的無力。

大長老開解靈風道：「我們已經無法挽回靜刃永逝的事實，我們唯一能做的只有繼續前進，帶著逝者的祝福繼續活下去——靈風，你得代靜刃活下去，但你得放下對他死亡的痛苦與自責，要不然，這就令靜刃的一番苦心白費了。」

靈風只是哭著。

良久後，大長老見靈風哭聲漸緩，他躊躇了一會，終於鼓起勇氣開口道：「靈風，等這場戰爭結束以後，我會依照你先前的指示，帶領族人離開新界，邁向宇宙尋找新世界……你要、跟來嗎？」

靈風一愣，卻是不語。

他已經不再是精靈王了，若是回到族群，族人會用什麼樣的眼光看待他呢？儘管他對族群存有留念與擔心，但他卻明白自己得真正消失在族人眼前，族人才能邁向沒有王的自由未來。

靈風忍不住抓緊了手中被他體溫暖熱的神格水晶，只覺得自己很寂寞。雙生哥哥靜刃已經永逝，他也不能回到族裡了，那，此時的他還有何處可去……

大長老微微一笑，看出了靈風的茫然，便抬手摸了摸他的腦袋。

「不想跟來也沒關係，靈風可以回去自己重要的人身邊。相信這個世界除了靜刃以外，還有靈風重視的人吧？相信他們一定會接受靈風……別擔心，這個宇宙雖大，但相信我們彼此都能在宇宙中找到我們的歸處。」

「靈風，你已經自由了。往後，你不再是整個族群的精靈王，你是你自己一個人的王！你能主宰自己的命運、選擇與未來，去做你想做的事情吧。」

「大長老，我……」靈風內心糾結，儘管這個世界的確有著他留念與重視的存在，但他卻同樣捨不得那些族人與母樹。

大長老只是溫和一笑，然後起身來到了母樹身前，低語祈禱。忽然，一枝母樹上新生的紫晶樹枝毫無預警的掉落了下來。大長老蹣跚走去將之恭敬拾起，然後將這枝約成人前臂長但只有兩指粗的紫晶樹枝遞給了靈風。

「有了這截母樹樹枝，靈風無論多遠都能夠找到母樹，哪怕相隔千萬光年，它都能指引你回到母樹身旁……所以只要靈風想回來，你永遠都能夠找得到我們。如果你在外頭累了，就回來族裡吧，相信族人一定會再次接受你的。」

靈風怔怔的看著大長老一會，忍不住又紅了鼻頭。最後他將靜刃碎裂成二的神格水晶，一半送進了母樹內部的空間裡，象徵著靜刃的回歸以及安寧；另一半則自己帶在身上，代表靜刃對自己的期許與紀念。

靈風帶上母樹最後餽贈的紫晶樹枝，向大長老正式告別了。

在大長老含淚微笑的送行目光下，他踏入了前往新界的空間裂縫。

在這個世界上，他還有朋友、還有妹妹，還有值得他守護的人存在！

他想要回到這些人的身邊，陪他們一同面對未來的戰爭。

＊＊＊

戰天穹因為掌握了能夠瞬間到達千萬光年以外的超遠距離瞬間移動技巧，他決定要先觀望龍族區域的情況以及龍神的出戰情形，再決定自己出戰與否。

時間不多，這幾天大部分的時間，君兒大多跟著巫賢學習運用更精深的符文技巧，畢竟巫賢身為真正的符文創造者，他擁有的智慧與思維模式有許多是值得君兒借鏡參考的；或者是跟著自己的母親牧非煙，聽著她講述關於魔女之力的運用技巧；稍晚時間，她就會接受戰天穹刻苦的磨練，想盡辦法在短短數天內完全掌握自己新的力量。

只是君兒和戰天穹卻察覺到了一件怪事——君兒的領域沒有實質性的用途！

與尋常人召喚出自己領域的方式不同，君兒的領域並不是以光膜的形式出現，並得以在現實空間裡阻隔出一處獨立的空間，且能在這個空間裡創造出最適合自己戰鬥的環境，同時壓制敵人。

君兒的領域竟然是將自己精神空間中的那片星空召喚而出——卻是開放式的，不具封困能力，也沒辦法提升自己與壓制敵人。

這點就連精通精神力的巫賢和羅剎也百思不得其解，只好將之列作魔女靈魂的特殊性。時間不容許他們更深入探討君兒的領域特性，君兒只得繼續修煉其他技能，準備要以此彌補她領域的不足。

＊ ＊ ＊

就在戰天穹甦醒後，戰龍便接到了通知，於是趕緊傳來了通訊。因為他此時必須鎮守第一線戰場，趕往新界奇蹟星需要耗費時間，所以只能透過視訊通訊的方式向戰天穹表達他的喜悅。

「爹，你終於醒來了！羅剎那時候說你和君兒一起陷入考驗，我真的擔心死了！」

戰龍絲毫不掩飾臉上的激動，看得戰天穹心裡又澀又暖。

想到那場考驗世界中的戰龍竟是死在了戰場上，直讓戰天穹內心痛苦不堪……也因為那場考驗世界，讓他明白了自己能夠與羅剎、卡爾斯和戰龍相遇相處是多麼幸運的一件事，與這些人的相處更是支撐著他走到現在。只是他過去一直都不懂得珍惜，甚至還排斥戰龍對自己的親近、拒絕卡爾斯的友善援助等等。

「……抱歉，小龍，讓你擔心了。」戰天穹歉意一笑，第一次沒有用冷硬的態度面對戰龍。他喚起了昔日對戰龍的親暱稱呼，直讓戰龍傻愣了好久。

戰龍這粗獷漢子不由得紅了鼻頭，嘿嘿直笑，因為那久違的稱呼而感動得說不出一句話來。

兩人隨後正經了臉龐，開始商談龍族戰場周圍的情況。

戰龍語氣沉重的講述情況：「巨龍似乎也知道星辰淚火提前降臨的消息，全都群聚在淚火將會撞破的虛空屏障區域附近徘徊，偶爾還會試探性的攻擊虛空屏障，讓負責追蹤那些巨龍情況的巡戈艦隊非常緊張。而且這一次龍族似乎打算背水一戰，現在徘徊在虛空屏障外的巨龍數量是以往的三倍之多……我擔心龍族還有更多尚未派遣而出的兵力，儘管這一次我們人類不用分神對付精靈族，但此次龍族的反應實在令人不安。我們人類這一次真的遇上大危機了啊！」

戰天穹微微皺眉，卻不是因為戰況，而是因為戰龍語中不經意透露的不安與憂心情緒。

「小龍，你身為守護神，你的一言一行都會影響世人對戰事的態度，注意一下你自己對待戰事的看法，盡可能在人前保持迎敵的自信。」

戰龍一愣，思考片刻後才重返昔日爽朗自信的笑顏。

「我知道了，爹。這一次真的是我想太多了，我們人類有這幾千年累積下來與龍族戰鬥的經

驗，科技也進步了、星域級強者也多了不少，怎麼可能輕易落敗；而且我們哪一次戰鬥沒有贏過的？這次一定也能夠戰勝龍族的！」

戰天穹見戰龍恢復自信，嘴角輕揚笑弧，對戰龍能這麼快調整好心理狀態一事有著讚許。他隨後指示道：「如果龍神那裡有任何異動就隨時聯繫我。小龍你和其他幾位守護神有對戰龍王的經驗，盡量和其他沒有與龍王對戰過的星域級強者交流一下。」

「沒問題！」戰龍一拍胸膛，和戰天穹又寒暄了一會才結束了此次談話。

就在戰天穹與戰龍聯繫完不久後，精靈戰區傳來了最新捷報——

神眷精靈族集體敗逃！永夜精靈族大獲全勝。

然而，當人類以為永夜一族也將會投入戰爭，協助他們抵禦龍族時，永夜一族則以此戰死傷太重為由，已無力支援龍族戰爭而拒絕協助，隨後戰艦隊伍毅然決然的駛向了星空，一去不復還……

Chapter 169

臨戰的晨曦

人類世界陷入一片慌亂。

此時局勢危急，儘管早知永夜精靈有離行之意，但人類多少還是會存有希望永夜一族能夠留下來和人類一同應戰龍族的想法與期許。

然而，面對一如宣言那樣正式準備離開新界的永夜一族，再加上巨龍出沒的數量是以往的三倍之多，且根據戰況推測，龍族可能還有尚未出現在戰場上的兵力。此時失去一大友方戰力，對人類而言無疑是一場災難。

「羅剎大人，永夜一族是真心不願留下嗎？」

守護神之一的「盾神泰坦」緊急聯絡上了對外負責與永夜一族接洽的羅剎。他因為永夜一族的離去，人類得單獨應戰龍族而憂心不已。

羅剎身為聯繫者，自然知道永夜一族的決意，只是顯然人類無法接受這個事實。可一向負責戰況統整與分析的角色，他敏銳的察覺到了這一次人心不安的程度遠比前幾次戰爭嚴重了不少。

「稍後我會召開一個守護神的內部會議，你們暫時還不要對外發布演說。」羅剎淡淡的看了通訊投影中的盾神泰坦一眼，金眸中有著警告。「我想，在公開演說前，你們幾位守護神恐怕得先好好『整頓』一下情緒。要知道我們是人類的指標，若是連我們都對戰況感到恐懼與不安，很容易會對眾人造成不良的影響。」

「盾神泰坦」表情有著尷尬，隨後主動代羅刹聯繫其他幾位守護神，準備召開內部會議。守護神們很快就群聚一堂，透過通訊投影開始展開會議。

這一次戰天穹意外決定要參與會議。當他的投影出現在其他幾位守護神眼前時，直讓幾人大吃一驚；守護神之中唯有與戰天穹有仇的「魅神妲己」蘇媚冷眼以對。

「霸鬼大人！」「海神波賽特」很快就和戰天穹打了聲招呼，本來凝重的神情因為看到戰天穹而略微和緩了幾分。

身為人類最強者，戰天穹在這群人類頂尖強者之中頗具聲望，他很清楚自己對其他守護神的影響，這也是他決定要出席此次會議的主因。

「諸位日安。」

戰天穹平靜的向眾人打著招呼，那不受危急局勢影響的冷靜態度很大程度安撫了守護神們的忐忑心情。

羅刹輕咳了聲，拉回了眾人的注意力。

「現在開始內部會議。相信大家應該都收到龍族戰區的情況以及永夜一族離開的消息，在此我提出幾個我在這段時間注意到的問題——首先，自然是永夜一族的離開對社會造成的影響，以及近期你們幾位守護神在對外發言時，不經意的表現出沉重情緒進而導致人心的不安。這兩點是

此次會議的要事。」

「永夜一族早在啟程迎戰神眷一族時就已經講明了遷移之意，人類在當時絲毫沒有挽留之意；如今永夜一族離開，也是一如他們當時的宣言；再加上他們與神眷一族開戰時，人類完全沒有提供協助……」羅剎冷冷的掃了在場幾位守護神一眼，「此時他們已因戰事而後繼無力、精靈族死傷慘重、雙王失蹤，我們又能用什麼理由央求他們來幫助人類？」

羅剎身為非人，儘管守護了世界多年，但依然對人性的自私感到失望。

人類一開始對永夜一族的排斥，哪怕人類接受了精靈的技術，卻依然排斥永夜一族融入人類社會；真要說的話，永夜一族一開始無私分享精靈技術的舉止已經表達了善意，但人類卻是處處刁難、疏離，這要對方怎能不心寒？

眾人皆是沉默。

戰天穹接下了發言權，語重心長的說道：「永夜一族的離開已經造成人類社會的慌亂，而你們這些守護神不但沒能堅定心智，反而先是亂了陣腳。難道我們人類沒了精靈的幫助，就無法戰勝龍族嗎？」

「五千年來，我們人類都只有依靠自己人類的力量，獨自迎戰龍族與精靈兩大異族；如今神眷精靈敗逃，永夜精靈已為人類驅離一方大敵，我們只需要專心迎戰龍族即可。你們這些人類守護神絕對不能先失去信心！要戰到最後一刻，哪怕是死，也要帶著自信戰死，這樣才能喚醒更多人內心的堅強！」

「但、鬼大人……這一次龍族的戰力是以往的三倍、甚至可能更多啊！我們人類真的有辦法能從這一次的戰爭中存活下來嗎？」「盾神泰坦」面色猶豫的問著，神情盡是憂慮。

戰龍冷叱了一聲，大剌剌的嚷道：「泰坦你哪時候變得那麼膽小了？！龍族有龍，難道我們人類就沒人了嗎？要知道現在的人類可是不同以往，除去我們這幾位早年成名的守護神以外，人類又多了好幾位新晉階星域級的後輩強者，星界級的戰力更多了不少；更別提我們掌握精靈技術後，所開發出的新式戰艦性能是以往舊款戰艦的三倍之上！你不要老注意敵方優勢而忽略了己方優勢好不好？」

「而且從以前開始，我們就是只依靠我們人類自己的力量撐過了五千年，那為什麼現在撐不過去？少去神眷精靈這樣一方大敵，我們人類就能無後顧之憂的全力投入龍族戰爭裡。就算龍族這一次打算傾巢而出那又怎樣？我們人類就不能跟他們決一死戰嗎？我們人類難道就怕了那些飛天蜥蜴，未戰先輸？！」

戰龍激動的拍桌而起，「老子就不相信不能拍死這些討厭的蜥蜴，讓我們人類從長達五千年以來的圍困中脫出，得以邁向宇宙深處，擴展人類的疆域和領土，在宇宙各處留下屬於我們人類

的足跡！」

「危機就是轉機，把握這一次機會，我們搞不好可以一舉殲滅龍族！」

經過戰天穹的提醒，戰龍再次恢復了本來的自信與豪氣，言談間充斥著對己方戰力的信任、對未來的期許。

當人心褪去恐懼，取而代之的則會是那震撼人心的堅強。

戰龍體現出來的堅定情緒，對其他還心存憂心的守護神而言，無疑是一種強而有力的激勵。

戰天穹暗暗點頭，這種話由性格最熱血豪爽的戰龍說出口，效果比他所想的更好了幾分。看其他守護神跟著煥發自信的神情，戰天穹知道他和羅剎不用擔心了。

他和羅剎交會了一抹眼神，羅剎輕拍手拉回了眾人的注意力。

「戰龍說得不錯，你們其他幾人回頭好好想想，三十分鐘後召開公開演說。這一次我們的目的是要穩定與激勵人心，等會我還會聯絡此次戰爭的幾大指揮部發言人和我們一起參與公開演講……」

羅剎忽然看了戰天穹一眼，問道：「霸鬼，你要參與公開演說嗎？」

戰天穹輕輕搖頭，說道：「有你們就夠了。不過如果有必要的話，可以略微提到我會參戰的訊息即可。」說完，他主動向眾人告別，先一步結束了通訊。

羅剎繼續和其他幾人商議公開演說的事宜。

很快的，人類世界各大城市的視訊頻道，都收到了守護神們將會協同各大指揮中心，對此次永夜一族離開的事宜與即將展開的戰事進行公開演說的消息。

當一位位守護神與各大組織指揮部發言人輪流出現在屏幕上，各自憑藉自己獨有的談話風格向人類傳達訊息時，本來充斥於人們心中的慌亂情緒也跟著消失殆盡，取而代之的是對未來、人類能夠邁向宇宙星空的期許與激勵。

「對啊，龍族強大又怎樣？我們可是有好幾位正準備要獲得稱號的後備守護神在等著要屠龍呢！」

「新式戰艦的性能也真的精良不少！而且沒了神眷精靈的威脅，我們人類完全可以專心一致的應戰龍族，這樣勝算反而大了很多。」

正如羅剎與戰天穹所預料的那般，人類開始因為守護神與人類高層對己方的自信，找回了對此次戰爭的信心。

公開演說最後輪到了羅剎。

「……以上便是我們守護神與戰鬥指揮部的公開演說。再過一段時間，虛空屏障就要正式進入虛弱期，請諸位好好把握現在的這段時間。此戰、人類必勝！」

有不少觀看廣播頻道的人們也跟著羅剎一起吶喊道：「人類必勝！」

人類社會再次忙碌了起來，人人為了即將來臨的戰爭而進行最後的準備。

＊＊＊

時間飛快，再過十幾個小時以後，星辰淚火就要降臨了。

新界的氣氛異常的壓抑。此時正值傍晚，各大城市裡本應熱鬧的街道卻是杳無人跡。人人在這開戰前夕都早早回家，陪伴在親人身旁，享受家庭的溫馨，唯恐這樣的幸福在戰爭開始後，將只能成為記憶。

就連戰天穹也在今日趕回了戰族，其一是為了與族人相商決議戰爭事宜，其二則多少還是想與家人團聚。儘管他嘴上不說，但卻依舊掛心家族的行動。他過去未曾在戰前回族與族人相聚，僅因過去的他認定自己沒那個資格享受族人的溫馨，這一次之所以會這樣決定，起心動念有一部分是為了要替君兒製造與父母相聚的時間，另外也是因為那場令他心痛萬分的宇宙考驗，讓他決定逐步敞開心扉去試著接受族人對自己的關懷。

而君兒，自然是和她的血親父母以及兄長共度這夜晚。

這可是君兒生平第一次與自己的親生家人一家團聚。懷抱著期許與無措的心情，君兒不知該說些什麼、該做何反應，使得彼此間的氣氛有些尷尬僵硬。

羅剎無奈的看著自己侷促忐忑的一對父母，再看了看靦腆尷尬的君兒。

明明先前單獨面對父親或母親時，君兒都已能泰若自如談話，為何等父母同時出現後，卻又羞澀的說不出話來了？

還有他的父親大人與母親大人也是。先前在教導鍛鍊君兒的時候不是能夠流利談話嗎？為何此刻卻……

誰也不開口，這這這……時間寶貴，難道他們一家人就這樣在沉默中耗完？

沉默了一會，終於牧非煙一嘆，自巫賢身旁的座位離開，緩步走到君兒身旁的座位落坐。她輕輕的摟了摟君兒，沒有多話，但那種溫暖的感受卻緩和了君兒心中的緊張。

君兒曾經無數次幻想過自己與父母血親共處一室那溫馨和樂的場景，只是沒想到當幻想終成真實，內心卻是一片茫茫然。

……她究竟該做何反應才好啊！

撲進父母懷裡撒嬌？雖然可以預見她父母會非常驚喜，但她覺得有些不好意思。請教修煉或談論戰事？太嚴肅了，否決。談論自己的感情情況……唔，爸爸一定會開始埋怨奪去她芳心的戰

天穹，還是算了。

君兒左思右想，最後靈光一閃！

「那個，爸、媽、羅剎哥哥，等這一次的戰爭結束之後，你們有什麼安排嗎？」君兒乾脆問起了未來打算。

聞言，巫賢和牧非煙皆是一愣。

反倒是羅剎早已有了決定，他坦蕩自在的回道：「我的話，應該還是會繼續研究符文，並且主持滄瀾學院吧。雖然公事很多很忙，但這裡有很多人，我很喜歡這裡。我想要觀察更多不一樣的人類，那是我最感興趣的事。」

邊說，羅剎忍不住笑了起來。

觀察人類就是他最大的樂趣。他本身不是人類；雖然略懂人性，但卻沒有人類的「欲望」。以往為了君兒，他只是單純的執行巫賢交付的任務，當這個任務結束後，他就可以做些能令自己開心快樂的事情，這樣便已足矣。

相較於羅剎的期盼，巫賢卻是神情苦澀，「我和妳媽媽還沒想過未來，我們只在意妳能不能超脫命運。」

「那君兒妳呢？妳對妳的未來有規畫了嗎？」找到了話題，巫賢也跟著順水推舟的聊起天來。他試探性的詢問道：「……女兒，妳老實說，妳、妳是不是想嫁了？」

巫賢在自己說完這句話以後，臉上浮現了糾結的神情，突然語氣慍惱的低聲埋怨道：「女大不中留啊——我好後悔沒能親手哄慰嬰兒時期的妳、沒能幫妳換尿布、洗澡；沒機會在妳身邊看著妳學爬、學跑；在妳長大以後也沒能在妳身旁指導妳，告訴妳要小心外頭的壞男人。沒想到等我醒來，女兒就已經被外頭的野男人拐走了啊！這要我這個未曾盡過職責的父親情何以堪！」

「爸爸你想太遠了……」君兒被巫賢說得尷尬羞澀起來。

而巫賢卻是越說越氣憤，神情不由得猙獰了起來。「我都還沒認同戰天穹，誰准他娶我女兒了？！我發過誓要替辰星找一位真正適合她、真心愛護她的男性，但戰天穹可沒通過我的考驗！」

話題怎麼會扯到戰天穹身上去了？除巫賢以外的其他三人不由得面面相覷。

羅剎無奈嘆息，再次化身成男孩的模樣，湊上前安撫巫賢；牧非煙則是一臉哭笑不得的看著因為提起未來女婿而又氣炸了的丈夫。

「好了，阿賢，每次提到噬魂要娶女兒的事情，你的冷靜就不見了。這段時間你還看不出來噬魂對女兒的情意嗎？好說歹說噬魂這五千年來也是孤家寡人，連緋聞和紅粉知己都未曾有過，幾乎是在與女兒相遇以後，一顆心全繫在女兒身上了，他憐惜、疼愛君兒的情感真摯誠懇，君兒

和他在一起總是笑得很幸福，這樣還不足以讓你認同他嗎？」牧非煙無奈的望著巫賢，連連搖首。

「煙兒妳也是，過去妳明明不贊同噬魂給了辰星希望，現在卻又投靠了噬魂的陣營！」巫賢很是不滿的抱怨出聲，顯然對自己的妻子竟然反投敵營而心有怨嘆。

「父親大人，就算您不滿過去的噬魂，但您無法否認現在和他在一起的君兒是最幸福快樂的，對吧？」羅剎一嘆，也語出勸說。

巫賢呼吸一滯，卻是一聲長嘆。「這我知道……」他心疼難受的看著一臉窘迫的君兒，眼裡只有深深的歉意。「我只是想要女兒多陪在我們夫妻身邊久一點，好讓我們可以補償她過去缺失的父愛母愛。」

君兒微紅了眼眶，卻是溫柔一笑。「我知道爸爸是在擔心我；但誰說女兒結婚就不能跟父母親相處了？」

「感覺不一樣啊……女兒在外頭有了別的男人，哪會記著家裡還有個老男人牽掛著她？」巫賢語氣滄桑，「更別提，我和妳才重逢沒幾個月，自然比不上那與妳相識多年的戰天穹。好歹我也是妳父親，但、但每次我想要給妳擁抱時，妳總是會用各種藉口逃跑……」說到最後，他神情全是委屈。

君兒臉色因此漲紅，牧非煙則是忍俊不禁。

「說白了，阿賢就是在吃醋。」牧非煙一句話直接堵得巫賢面色通紅。

巫賢尷尬的推著眼鏡試圖掩飾自己臉上的紅潮，愣是有些不好意思。他小聲囁嚅道：「我連我女兒都沒抱過；但戰天穹那混蛋親也親了、抱也抱了，搞不好還——」

想到這，巫賢又炸了。

「不管！我絕不允許君兒妳那麼快嫁給戰天穹！在這場戰爭結束後，妳至少、至少要陪在我們夫妻身邊一百年……不不，乾脆一千年好了，反正妳只要好好修煉就可以拉長壽命；至於戰天穹那傢伙就別管他了，反正他都等了五千年，也不差再多等個一千年。等陪了我們一千年以後，妳再嫁給戰天穹那傢伙！」

一千年！戰天穹怕是會等到黃瓜菜都涼了吧？羅剎爆笑出聲。

巫賢在外人面前，態度總是冷靜傲慢，今天他第一次在君兒面前展現這只有家人才能看見的性格與發言後，令君兒不由得有些訝異又好笑。

巫賢愛她疼她，恨不得能夠彌補她這些年來沒能被父母照顧呵護的缺憾，讓君兒很是感動。這是她第一次聽見父親這樣坦承的表達他對戰天穹的看法和埋怨，讓她豁然開朗，要不然，她一直以為巫賢之所以討厭戰天穹，是把對噬魂的嫌惡轉移到戰天穹身上的緣故，沒想到僅僅是因為

捨不得她這麼早嫁出去。

聽出了巫賢的急切與心焦，君兒在心裡輕輕嘆息，卻是因為滿心洋溢的幸福而嘆。至少她還有父母，父母也是愛她的。只是想到這，她又忍不住想起了戰天穹在回到戰族前對她說的那些話。

戰天穹雖然與巫賢相對時總是冷言相譏，誰也不讓誰，但私底下總是勸說君兒莫要與父親起衝突。從戰天穹的勸說之中，君兒聽得出戰天穹隱藏在話語深處，那對自己親人早逝的悲哀，還有幾分隱晦的羨慕。

這一次戰天穹的回族也是刻意為之，要讓他們一家四口能夠單獨一聚。

牧非煙爾後關心起了君兒的過去經歷。

「君兒，媽媽雖然有聽羅剎講過妳的事情，但還是想聽妳親口說說妳以前發生的事情。妳小時候過得好嗎？那位照顧妳的人，對妳好不好？」牧非煙語氣有些哀傷，沒能參與君兒的幼年時期一直是她和丈夫巫賢最大的遺憾。

「我的過去嗎？」君兒愣了愣，才用著一種緬懷的語氣開始講述自己的過去。

儘管時隔多日，君兒還是能清晰記得那位將她從小養育到大的溫柔老者的樣貌。哪怕他已逝世，但他帶給君兒的影響永遠無法抹滅。

「從小我就和一位對我很好、很好的爺爺一起生活。爺爺淚無殤讓我跟著他姓『淚』，為我取了『君兒』這個名字。爺爺是個很有大智慧的人，他告訴我很多人生的大道理，也是他在我幼年時就灌輸我永遠不要放棄的信念，才間接影響我如今得以堅持至今。」

「爺爺待我視同己出，他總是把最好的留給我，自己則是用別人不要或救濟發給的次等用品衣物。雖然日子過得困苦，但爺爺的慈愛讓我學會了感恩，我知道能夠活著就是一件非常幸福的事情，所以我格外珍惜我的生命。」

君兒的眼中有著思念，初失去爺爺那時，她每當想起爺爺的笑容，總會忍不住在夜裡窩在當時擔當保鏢暗中保護她的戰天穹懷裡哭泣；如今再次回想，傷心已然淡去，剩下的全是對逝者的思念與感恩。

那位化名「淚無殤」、真名「戰無意」的老者，是影響她一生最深的重要角色。

「我從十二歲開始，為了幫當時身體逐漸病弱的爺爺負擔家計而去街上打工。只是隨著爺爺的身體越發病重，收入開始不敷支出……那時爺爺一直告訴我不要再花錢在他身上了，他知道自己的時間就要到了，要我多為自己存一點錢好替未來做打算。」

君兒不由得紅了鼻頭，「但我哪捨得？那可是如父母一般將我辛苦養育到大的爺爺啊！最疼我的爺爺！我當時唯一能做的只有接更多的打工，試著賺更多錢來貼補家用……」

「只是這樣長期的忙碌讓我覺得疲倦。某天，和我在同一個地方打工的朋友無意間關心起我的近況，我開玩笑的對她說：『聽說皇甫世家在尋找腹部上有印記、遺留在外的皇甫世家女子，如果找到並且確認的話，將會得到一筆優渥的報酬。我肚子上也有印記，不曉得我去舉報自己能不能拿到錢呢？』」君兒面帶自嘲。「對了，忘了說，皇甫世家是原界的著名大世家。」

「那天我回家以後，不經意和爺爺聊天時與他提起我和朋友閒聊的內容。那是我第一次看見爺爺發怒的神情……我嚇壞了，也認知到事情的嚴重性，爺爺卻因為擔心我而病情加重，身體越來越差了……他某天語重心長的告訴我，他已經聯繫了他身處新界的家族族人，對方將會派人來接應我，他的族人會是擁有紅髮紅眼特徵的人。面對這樣好像在交代後事的爺爺，我惶恐哪一天會失去爺爺，在某天打工時決定要提前告假離開，回家好好陪伴爺爺……」

「那天，原界的雨下得格外的大，我在回家的路上竟然因為偶遇附近惡名昭彰、專門姦淫女子的惡徒追趕，情急之下只能四處在街巷中逃竄，並且在某條街上遇上了當時正在原界的天穹……」

提到這，君兒本來沉重的表情轉為幸福，哪怕那時她還不理解當下的巧遇將會讓他們彼此牽扯在一起，但此時回想，她總覺得那是某種緣分的牽引與安排。

巫賢聽到這裡，眉頭抽了抽，卻是深思著。

君兒繼續說了下去：「那天沒有和天穹有太多接觸，只知道他似乎替我攔下了那些惡徒；可就當我鬆了一口氣準備回家時，卻在自家門口被一群黑衣人迷昏帶走了……結果我還是被舉報了，被皇甫世家抓走……當我醒來，我被強制冠上了『皇甫』的姓氏，成了這個惡劣世家用來交易往來的『活人商品』。當時我才猛然想到，爺爺所說的紅髮紅眼族人該不會是我在雨中遇見的那位男性吧？」

「而就這麼機緣巧合的，天穹最後成了我的貼身保鑣……他暗中關注我、在確認我身處優渥環境時也未曾放棄逃離希望以後，決定要默默協助我成長、指導我很多戰鬥技巧與精神力的使用方式。也是在這時，我才知道那位養育我長大的爺爺其實是流浪在外、隱姓埋名的戰族人。」

「當時的我還很傻氣天真，也還不懂什麼叫做愛情，只是一想到自己以後就要被賣掉，成為某個男人的妻子、或者該稱作生育工具，我就對著當時頗有好感的鬼先生……當時的天穹化名『鬼』一字，所以我都這樣喊他。我就對鬼先生說，以後我長大當他老婆好不好。」君兒笑容羞澀，顯然回想起自己當時青澀衝動的發言，直到如今還是覺得很不好意思。

牧非煙臉色微愕，隨後想到辰星最後留給噬魂的遺言，頓時有所了悟；至於巫賢，他一聽到竟然是自己的女兒先去告白……雖然也不算告白，那應該只能算是當時小女孩的天真發言，但身為人父，聽到這件事內心還是有種糾結的感受。

「君兒妳、妳當時才多小?怎麼可以隨便就這樣對一位成年男性許諾這樣的宣言啊!」巫賢有些哭笑不得，他一直以為是戰天穹主動拿下自己女兒，沒想到事實卻是完全反過來!

羅剎在一旁有些忍俊不禁，「父親大人，這樣您就知道霸鬼他是無罪的了吧?完全是我這位親愛又大膽的妹妹早早就預約了他，可不是他老羊吃嫩草的拐走君兒的唷。」

君兒尷尬的紅了臉，「不過、當時天穹拒絕了我啦……」

她眼珠轉了轉，最後還是決定隱瞞一開始其實是她強吻戰天穹的這回事。若父親知道，難保他會大受打擊……

巫賢聽君兒這樣說，臉色才稍微好轉了些。

「但也因為那一次的事情，我才知道天穹身上擁有『噬魂』詛咒，隱約知道他是『凶神霸鬼』的事實。我可以感覺得出他的拒絕並不是討厭我，而是認為那樣的自己沒資格得到愛……當時的我不知怎的，對那樣強烈表達拒絕的他很是心疼，然後慢慢的，我發現我開始會去注意他的更多事情，想要成為能夠安慰他、擁抱他的那個人，直到許久以後，我才明白那樣的心情叫做『愛情』……」

第一次在父母面前講述自己對愛人傾心的經歷，君兒顯得有些不好意思。但有些事情她還是決定要讓父母知道，一方面也是希望父母能認同她和天穹的愛。

「在皇甫世家時，我認識了現在的好朋友緋凰、蘭還有紫羽。我們四人都存有逃離皇甫世家的念頭，所以群聚一塊計畫逃跑——就在我十六歲那年終於等到了機會。皇甫世家決定要和另一個大世家慕容世家聯姻，而我們這些大小姐則作為商品被對方挑選；很不幸的，我和紫羽同時被選上成為新娘……」

君兒淺淺一笑，當時的她在被選上時還非常的憤怒，如今已能用平靜與豁達的心情看待往昔。那時的痛苦全都成了她成功的基石，回首一看，她忍不住為當時的自己和朋友們感到自豪。

「最後我和紫羽在逃離時因為一時不察，所以著了當時選擇我們當新娘的那位慕容少爺的道，中了春毒……」

「什麼？春毒！」巫賢直接從座位上蹦了起來，一臉震驚。他身為科研人員，儘管醫藥不是他擅長的領域，但可不代表他完全不懂「春毒」是什麼東西。

「該不會妳那時候就被戰天穹那混蛋給……」巫賢面色鐵青，卻沒有言明自己的猜測。

君兒臉一紅，卻是搖頭，隨後挺胸、驕傲發言：「當時的春毒因為又混入其他毒素而有些變異，轉變成一次性的爆發。但我憑著自己的意志力撐過了春毒！天穹他一開始就和我約定好他不會幫助我逃離，我得依靠自己的智慧與力量讓自己逃出皇甫世家，在當時逃跑計畫展開以後，他完全沒有再出現在我眼前過。」

春毒一事令巫賢夫妻倆忍不住為之心疼，另一方面也同樣震驚——為了君兒此生的堅強而感慨。

只是一聽到戰天穹沒有出手幫助過君兒，牧非煙有些遲疑的開口問道：「為什麼他不幫助妳？他明明是那樣重視與疼愛妳的……」

君兒淺淺一笑，說道：「因為天穹很清楚，一時的保護無法持續到永遠，唯有我自身的強大才能保護自己。所以我經歷的苦難是必須的，那能帶給我成長與進步；而我也懂他的一番苦心，每當我想要放棄時，我永遠記得有一個人總是默默站在我身後，用心疼的目光看著我經歷那些痛苦挫折。天穹他承受的比我還多，暗中守護在我身後的他是用著多麼痛苦的心情看我經歷那些的？一想到這些，我就會再次堅強起來，告訴我自己：永遠不要放棄，因為這個世界還有一個人等著我！」

「之後，我和與我一同擔當新娘的紫羽機緣巧合的被天穹友人、也就是黑帝斯星盜團的團長卡爾斯救了下來，當時我還不知道卡爾斯和天穹彼此的關聯；但卡爾斯卻早一步從我的星星之眼中猜出我可能是羅剎要求天穹來原界尋找的人，所以暗中保護著我們。事後，他意外給了我一個機會，讓我能夠以星盜的身分在星盜團中磨練與成長，也就在這個時期，我認識了靈風，並且跟著他學習藥劑學和符文技巧。後來還是我無意間得知天穹其實一直暗中守護我，又從老大口中得到肯定的答案以後，我才知道天穹原來為我默默付出了許多……」

「抵達新界以後，我知道天穹就要離開，因為知道天穹一直在我身邊，所以哭求著希望能在別離前再見他一面……他為我打破了往昔一旦言述便永不違背的習慣，破例在我面前現身，並和我相約兩年。那時，我就決定無論兩年之後他的決定是什麼，我都會主動走向他，告訴他我的心意……」

巫賢邊聽，情緒複雜。他聽君兒講述和戰天穹的經過，儘管君兒簡單帶過，還是忍不住讓他有所感慨。

他早先就從羅剎口中得知戰天穹一開始與君兒相遇時的狀態，那時的戰天穹還沒與噬魂合一，應當還不知道噬魂與辰星往昔的經歷才是，卻還是愛上了君兒、無悔沉默的為她付出；君兒也是，一如辰星臨死前的許諾那般，此生由她來愛噬魂……難道他們本來就是命中註定，才會在雙方不解前世今生的情況下傾心相戀的嗎？

這讓他忍不住猜想，如果當時他沒有將噬魂從辰星手中帶離、沒有制止噬魂愛辰星的話，辰星那時的結局會不會就不一樣了？

君兒不解巫賢心中的繁瑣思緒，提起了更後來的事情：「就在我抵達新界不久後，新界意外開始流傳一首魔女之歌。然後突如其來的，靈風出了意外，他的契約執行懲處後他才告訴我，他

和自己的雙生哥哥其實是與另一位魔女、也就是媽媽，簽下了保護我的『神騎契約』。契約之所以會執行懲處，一定是兩位騎士其中有一人做出了傷害我的事情，靈風猜測是自己的哥哥選擇背叛我，那時他告訴了我『魔女』和『神騎』之間的關聯……」

「一段時間過去，因為魔女之歌的謠傳以及兩大異族的異動，人類世界進入戰備狀態，我跟著星盜團前往碎石帶，沒想到卻遇上了靈風那位背叛族人的兄長、精靈族的另一位精靈王、身負左半翼契約的騎士靜刃。我那時才知道靈風的精靈身分，也很不能諒解媽媽和羅剎當時強逼靈風兩兄弟簽訂契約的作為……」

君兒無奈的看了牧非煙與羅剎一眼，此時她已經沒有怪罪兩人了，只是一想到靜刃最後的結局和靈風的悲傷，內心還是忍不住倍感抱歉。

深吸了口氣，君兒試圖讓自己從靜刃永逝的感慨情緒中脫離，講述到了兩年星盜團生活結束之後的事情。

「離開星盜團以後，我便準備前往戰族履行和天穹相約的兩年約定，不過距離約定的時間還有一段時日，所以我在新界上遊歷了一段時間……這個世界很美，過去我因為忙於許多事情，從來沒有機會一覽世界的美好。那段短暫的旅程讓我更堅定自己一定要超越命運的心念，決心要為自己和我所愛的人挑戰命運。」

「然後，我終於來到了戰族……也等到了天穹歸來。這時我才知道他在和我分離的兩年之間，竟然為了我放下過往對噬魂的排斥，決定為了我而接受自己的黑暗面，選擇與噬魂融合……那時候我就知道我永遠離不開這個男人了。他能夠為了我，接受長達五千年抗拒的陰暗，那我又有什麼好顧忌的呢？」

君兒俏臉微紅，在父母面前坦承了自己對愛人的真切情意。

巫賢夫妻倆與羅剎只是靜靜的聽著，三人不由得因為戰天穹與君兒跨越兩世的情意而心有觸動。

「……就在我們彼此闡述情意以後，天穹也知道我當時怕活不過二十歲的消息，他和我約定要一起活下去……之後在他的介紹下，我前往滄瀾學院就讀，與羅剎見面，並巧合的與分隔兩年的友人重逢……」

時間流逝的極快，轉眼時鐘上的長短指針不約而同的前後指向了正上方的十二點鐘刻度。為了用最好的狀態迎接明天淚火降臨所帶來的破壞與戰爭，他們必須結束這場談話。

牧非煙心疼的緊摟著女兒，愛憐的在君兒的髮梢上輕輕一吻，說道：「妳經歷了那麼多，真是辛苦了。」

「媽媽，跟你們比起來我輕鬆多了。」君兒微微一笑，眼神堅定的回道：「而且我覺得我的經歷不算辛苦，沒有這些經歷，我不會成長得能夠正面對抗毀滅意識。說起來，我還要感謝命運替我安排了那些人生經歷呢。」

君兒的堅強猶見一斑。面對命運的乖舛，許多人只會哀嘆埋怨，卻少有人能發掘裡頭蘊藏的能夠讓人成長的禮物。

「時候晚了，君兒早點睡吧。」巫賢溫和一笑，勸說君兒趕快就寢。

君兒站起身，猶豫了一會，終於紅著臉走向巫賢，然後有些彆扭害羞的抱了抱他，令巫賢驚喜萬分。

隨後君兒意猶未盡的告別了父母與哥哥，離開了神陣高塔，往學生宿舍的方向歸行。

羅剎因為身為神陣靈魂，只要有足夠的星力就能夠讓他毫不停歇繼續工作。他向父母招呼了一聲後，便起身行至神陣核心，繼續監控整個新界的運作情況，留下巫賢和牧非煙兩人在辦公室裡獨處。

此時巫賢陷入沉思。

牧非煙沒有忽略巫賢在聽著君兒講述自身經歷時，眼中的深思光輝。她起身來到巫賢身旁落坐，沒有多言，只是用著柔情的目光望著自己丈夫，等著他思索出一個頭緒來。

巫賢一手輕攬妻子的纖腰，一手隨意的在沙發一側把手上，指頭輕敲。

「……有些不太對勁。」巫賢神情凝重的給出了結論。

牧非煙一滯，同樣神情嚴肅了起來。「君兒的經歷有什麼不對嗎？」

「還記得我當時為什麼要將君兒送往原界而非新界的未來嗎？當時我察覺到，若是將君兒送往新界，君兒的命運會變得紊亂不堪。雖然新界是我為了抵禦宇宙意識干涉她成長而建立的完美場地，卻沒想到會因此造成君兒的命運動盪。情非得已之下，我只得將君兒送回原界。」

「但畢竟原界、也就是過去的銀河系，曾經是宇宙意識要求魔女毀滅的區域……並非我主宰的世界，我無法保證君兒在那裡成長是否會遭到宇宙意識干涉，但唯一確定的是君兒會在十六歲那年順利進入新界——這是當時我閱覽君兒的命運軌跡時，查看到的一個無比重要的命運節點，意味著這將是肯定的命運走向。」

巫賢說完，思考了一會，又繼續說道：「從君兒講述自己的經歷中，多少聽得出她的生命中充滿著許多磨難與不幸……可總覺得這些考驗卻與辰星當時經歷的略有不同。辰星當時的經歷完全是要將她的意識全然摧毀崩潰，可君兒的經歷彷彿是在成就她的心靈與能力。」

「我很清楚我自己在當時閱覽君兒的命運時，沒有更動君兒的命運，但冥冥之中彷彿有股力量在暗中協助君兒成長……這究竟是為什麼？又是何方角色在幫助君兒？君兒身處原界，幾乎是

完完全全的暴露在宇宙意識的監控底下，為何宇宙意識會允許這樣的事情發生？祂不是一心只想毀掉魔女嗎？」

巫賢忍不住想到了戰天穹曾提起宇宙意識正在「觀望」某事的發言，不由得皺了皺眉。謎團似乎越來越多了；但他有種預感，或許這次的戰爭結束，一切就得以真相大白。

Chapter 170

星辰淚火降臨

天光未亮，幾乎所有人都早早起了床，整裝就緒。

儘管旭日徐升，驅散了夜晚的深邃、照亮了一望無際的萬里晴空，卻怎樣也驅散不了人人心頭上的烏雲。

巫賢一早就來到神陣核心的地下室，和羅剎一同將能夠防禦整顆行星的防禦神陣調整至最完美的狀態，好在戰爭開始以後能夠起到最大的防禦作用。羅剎本身是為神陣的本體靈魂，無法離開新界過遠；而巫賢身為神陣的創作者，對於神陣的功能與操作能力更不在話下，儘管他同樣戰力卓越，但這等監控全局與指揮的位置才是他這位世界主人最好發揮實力的所在。

一有任何局勢變化，巫賢可以利用自己的「命運咒書」去更動新界星系的整體設定——可惜，他無法更動太過細節的設定，因為那牽扯到人類各自的命運；他在這場戰爭中能做的，僅有當異族突破虛空屏障，入侵新界星系，進入他的「星神世界」時，將會受到實力壓制或者是無法施展超過某種層級的強大法術等諸如此類的限制。但既然龍族身為宇宙仲裁者，搞不好他們被賦予的力量很有可能可以打破他的限制也不一定。

目前各方的戰事布局如下：

「陣神滄瀾」留守新界操作神陣保護行星。

距離新界最近的第三防線，由失去力量的「魅神妲己」指揮九天醉媚的戰艦隊伍、星盜團聯合戰艦隊伍以及其他人類組織的戰艦隊伍駐守。密密麻麻的戰艦飛行在行星外圍，將行星包圍的扎實，若是有巨龍入侵到這個區域，就會遭到戰艦隊伍的集體砲火攻擊。

第二防線由人類之中的星界級強者負責，數量有萬人之多；儘管星界級強者無法單獨應戰一頭巨龍，但所幸人類勝在數量，能夠多人博殺一頭巨龍。

第一防線則由三位守護神「戰神龍帝」、「海神波賽特」、「盾神泰坦」，與少部分達到星域級卻還未建功過的人類強者擔當先鋒。黑暗守護神「凶神霸鬼」則按兵不動，除非龍神出動。

君兒和牧非煙兩母女被安排在第二防線。

巫賢這樣的安排，其實多少是希望透過這一次的戰鬥，讓人類明白魔女並不是人類的敵人，而是盟友同伴。

這也將是君兒得以施展身手、檢視這段時間修煉的重要時刻。過去，她期許自己能夠站在戰天穹身旁與之一同並肩作戰；儘管現在的她仍無法與之平齊，但能夠身處同一處戰場，還是令君兒很是激動。

數年修煉只為今日一戰！

此時戰天穹已從戰族回來。

由於戰天穹擁有超遠距離傳送的能力，這讓君兒和牧非煙在正式開戰前還有時間向巫賢與羅剎道別。

「煙兒妳上戰場時要小心，如果真的遇到危機絕對不要戀戰，知道沒有？妳沒有領域，最好配合其他人一起戰鬥，不要逞能。君兒妳也是，魔女之力終究不是妳自己修煉出來的力量，如果在使用時有感覺到任何不對勁，千萬不要勉強使用，如果有任何不妥，就想辦法退回第三防線並且聯繫我，知道嗎？」

巫賢嘮叨的在牧非煙和君兒耳邊告誡，語氣之嚴肅，彷彿恨不得自己能代替妻女上戰場。

雖然巫賢反覆交代，但牧非煙和君兒卻沒有絲毫不耐煩，她們只感到滿滿的關懷。

「這是最後一戰了，等這場戰爭結束，一切就都結束了……我跟阿賢還有羅剎、君兒，往後我們一家人終於不用再分離了。」牧非煙張手擁抱喋喋不休的巫賢，依偎在他懷裡，語氣充滿了期待。

計畫了千年，努力了無數歲月，所求的不就只是一個如此簡單平凡的願望而已嗎？希望一家四口能平安和樂的相聚……

巫賢輕輕一嘆，然而這聲嘆息同樣有著滿足。「是啊，等戰爭結束，我們終於可以一家四口聚在一起生活了。」

良久後，牧非煙離開了巫賢的懷抱；而巫賢則是走向前，給了君兒一個扎實的擁抱。君兒有些靦腆害羞，但還是安靜的讓巫賢靜靜抱著。

巫賢語氣慎重的說道：「這一次，無論如何，我們都一定會保護妳的。」隨後，他退離了兩步，目光看向戰天穹，眼神有些複雜。

「戰天穹，送她們前往第二防線吧。」巫賢嘴角扯了扯，有些不情不願的繼續說道：「你身為唯一能夠與龍神對戰的人類，這一戰無論成敗，都一定要給我活著回來！聽到沒有？雖然我很不爽你，但我更不希望君兒傷心……如果你死了，我可是會很麻煩的。想要娶我女兒就別給我添麻煩，知道沒有？」

巫賢的語氣很是不爽，但戰天穹卻聽出了其中隱藏的關心與要求，這不禁讓他嘴角輕揚。

「這麼說，如果我活著回來，你就肯將君兒嫁給我了？」

戰天穹微揚一抹罕見的爽朗笑容，話語卻讓巫賢瞬間神色鐵青。

「這只是我認同你的一個過程而已。但想娶我女兒，你再等個一千年吧！」

君兒羞怯的漲紅了一張小臉，對於兩名男性當著她的面談論她的生平大事而窘迫不已。

戰天穹只是用著一種勢在必得的眼神深深看了巫賢一眼，隨後撕開空間，帶著兩名女性離開了。

羅剎在此時走到了巫賢身旁，對著巫賢說道：「父親大人，其實您早已經認同霸鬼了吧？只是還捨不得君兒而已。」

「誰認同他了？等他能活著回來再說。」巫賢的神情轉為凝重，「這一戰，必定不輕鬆。君兒的魔女考驗牽扯到了戰天穹，然而考驗失敗，他們兩人卻沒有受到任何影響。那麼這一戰勢必才是宇宙意識真正決定這個世界存亡的最終考驗。失敗，則毀滅；通過，或許宇宙意識就會重新考慮毀滅這個世界的念頭，但不代表宇宙意識就會完全放過我們了。這個世界的每個人、每個起心動念、每個行動與決定，都將會影響這場考驗的結局。牽連過大，連我都看不清這個世界的未來了……」

「那麼，就相信希望吧。」羅剎輕輕的笑著，臉上有著輕鬆與自信。「君兒以前說過，就算失去了一切，但只要希望猶存，奇蹟就一定會出現。」

「只要希望猶存……」巫賢也跟著揚起一抹笑。

✵ ✵ ✵

卡爾斯神情嚴肅的坐在自家戰艦的艦首艦長席位上，紫羽以及蘭兩人伴在左右。

蘭本來被卡爾斯安排給了老醫師休斯頓，但因卡爾斯現在傷勢未完全恢復，所以休斯頓便調派了擁有能夠治癒傷勢的水元素天賦的蘭隨侍身旁，可以適時的給予治療。

這時，艦首處的空曠區忽然出現了一道空間裂縫，戰天穹帶著君兒和牧非煙透過空間瞬移來到了此處。

看著這一幕，星盜團的成員們有些震驚。

「阿鬼、君兒，還有牧小姐，歡迎。」卡爾斯流利的打著招呼，臉上有著輕鬆笑意，同時不忘以眼神示意手下繼續工作。

一旁的蘭和紫羽雖然早已收到君兒甦醒的消息，但真正見君兒出現在眼前，還是忍不住紅了眼眶。

「君兒，妳、妳還好嗎？」蘭連忙走到君兒身旁，焦急的打量著君兒。隨後她忍不住面露痛苦，「抱歉，如果我當時沒有下意識找妳求助的話，妳也不會……」

君兒輕輕一笑，卻是上前拉住了蘭的手。「蘭，如果妳當時沒有向我求助的話，我才要生氣呢！就因為妳信任我、當我是朋友，才會向我求助的不是嗎？至少我平安無事的回來了。」

蘭緊抿著唇，也不接話，心情卻因為君兒的發言而終於釋懷了傷痛；紫羽沒離開座位，只是滿心歡喜的喜極而泣。

「見過面就好，有什麼話留著以後說。沒有太多時間供我們揮霍，君兒妳不是想見緋凰嗎？」戰天穹不由得出聲提醒。

君兒只得給蘭和紫羽來個深深擁抱，隨後便跟著戰天穹透過瞬間移動，前往身處另一艘戰艦上的緋凰身邊。

終於，君兒和牧非煙相偕走進了第二防線區域的星空中。

君兒回首關心的看著沒打算走出空間裂縫的戰天穹，神色有著擔憂。

「別擔心我。」看著君兒眼中的擔憂，戰天穹滿足的輕嘆出聲。「這一次戰爭結束，我決定重新以『戰天穹』的身分和妳開始新生活了。所以請放心，為了我們共同的願景，我一定會平安無事的回來妳身邊。到時，我們就結婚。」

戰天穹輕聲說著對未來的期許，直讓君兒臉色羞紅卻也感動。

「……爸爸還沒答應呢。不過，我會等你的，請你一定要平安。」

戰天穹淺淺一笑，這一次他沒有出聲告別，而是和牧非煙交換了一抹眼神，隨後轉瞬消失在空間縫隙之中。

牧非煙輕輕一嘆，自然明白戰天穹最後那眼的意思——好好保護君兒。

君兒不捨的看著戰天穹消失的所在。儘管這一次無法與他並肩作戰讓她有些失落，但　想到彼此還是身處同一戰場上，君兒就再度振作了起來。

雖然考驗失敗，但她還是得到了魔女之力；可靜刃最後說的那句「接受毀滅之力，才能得到反面的奇蹟之力」究竟是怎麼一回事？

「奇蹟」這個字詞太縹緲虛無了，她究竟該如何去得到那樣的力量？

君兒和牧非煙兩人的出現自然引來第二防線的大部隊注意，很快就有人接引她們，並將她們安排進入隊伍之中。

此時，一位似是隊長的人揚聲說道：「好了，再一段時間以後，差不多就可以看見星辰淚火的光輝了。在開戰之前，大家平靜心情一下，準備接受星辰淚火帶來的靈魂洗禮吧。能夠從中受益也讓自己在開戰後多一分勝算。看看我們身後的星球，那是我們的家鄉，保護她便是我們站在此處的唯一任務！」

君兒跟著眾人的目光一起看向他們背後守護的美麗行星。

恆星的溫暖光輝照在美麗的星球上，讓藍與綠色交錯的龐大星球閃動著美麗的璀璨光輝，所有望著這幕美景的人不由得肅然起敬。

這顆孕育萬物生靈的大地，是他們的家鄉、他們的希望、也是他們的未來！

他們得堅守自己的岡位，保護這顆美麗的行星！

新界正上方浩瀚深邃的星空忽然亮起了耀眼的彩虹光輝，所有人皆是仰頭向上望去——

星空深處彷彿墜來了彩虹色的雨滴。一枚枚由強烈星力凝聚而成的流火光輝墜落，在星空拖出了長長的焰尾，將星空渲染成了一片絢爛的彩虹色。

那令人目眩神迷的畫面便是極其罕見的星辰淚火奇景。

幾乎所有人都靜靜望著那片絕色的美景；他們都明白，如果這一次的戰爭失敗，這場美景將會成為人類歷史的終點宣告。

牧非煙不再去看星辰淚火的美景。早在許久之前，巫賢利用星辰淚火蘊藏的澎湃星力將君兒逆轉時空送到原界未來時，她就看過了一次。她擔心的看著第一次見到淚火而心神為之沉醉的君兒，儘管知道君兒的靈魂傷勢已然痊癒，但做母親的如何不擔心自己的女兒？

察覺到牧非煙憂心的目光，君兒這才從淚火絕景的驚訝中回過神來，對著牧非煙展顏微笑，然後輕輕闔上眼，仔細感覺靈魂在這場淚火洗禮中傳來的異樣感受。

墜落的淚火越來越接近了。

也就在這麼一瞬間，君兒再一次的聽見了宇宙意識的聲音！

『上一次考驗失敗，我饒過妳。但如果妳想要讓罪人巫賢、牧非煙、戰天穹還有背叛使命的妳，以及這個被巫賢更動命運的世界都得已超脫命運、跳出掌控，那就讓我看看這整個世界生命集體的意志吧。』

『看這個世界的所有生命能否超越絕望——』

『記住，是所有生命！』

這一次，宇宙意識竟將戰天穹也列作了罪人之身，由此見得祂對當時戰天穹的反抗有多震怒。

聞言，君兒神情登時鐵青。要知道，這個世界有多少生命？而每一個生命又有各自不同的意識與理念想法，宇宙意識這樣的要求實在是太過苛刻！

「君兒？」一直關注著君兒的牧非煙見她神情凝重的睜開眼，不由得緊張起來。

可正當君兒想要開口講述她再次聽見宇宙意識說話時，宇宙意識隨後傳來的話語卻讓她打消了這樣的念頭。

『妳若是將這次考驗的內容說出口，我將會直接破壞這整個星系；在這場考驗中，妳不得將考驗的內容轉達給任何人知道！當星辰淚火降臨時，便是考驗展開之刻！』

君兒氣憤至極的握緊了拳，渾身因為震怒而顫抖不已。然而，她卻不能警醒眾人宇宙意識的計謀——等等，她真的什麼都不能說嗎？

像是想到了什麼，君兒憤怒的心情忽然冷靜了下來。

「君兒，妳還好嗎？」牧非煙擔心的拉起她的手，神情焦慮。

君兒揚起一抹傲然笑容，安慰道：「媽媽，我沒事。只是我又聽到了某個聲音了，但細節我不能說。」

說畢，她俏皮的眨眨眼後，眼神閃過一絲冷冽。

牧非煙拉著君兒的手心忽然頓了頓，幾乎在瞬間就了解君兒這句話的意思。

然而，宇宙意識並沒有因此降下懲罰或者是言述警告，讓君兒知道，這樣含糊不清的發言並不會觸犯祂的考驗規則……既然如此，這其中一定有許多漏洞可尋，而那隱藏在考驗規則言詞中的漏洞，便是新界通過這一次考驗的機會！

哼，就算是宇宙的主宰意識又如何？只要是規則，就一定有漏洞可尋！

君兒拿出通訊卡片，聯繫上了卡爾斯。

君兒神情嚴肅的對著投映出來的卡爾斯畫面說道：「老大，這場戰鬥，請不要忘記希望！」

宇宙意識雖然向君兒設下了那樣的限制，但祂忽略了就算君兒沒能講述考驗內容，卻也並不妨礙她提醒別人不要放棄希望。

卡爾斯眼神銳利的看了君兒一眼，從過去兩年相處培養出來的默契，他看得出君兒隱藏在眼神裡的慎重與些微的焦慮。這句話聽似勸說提醒，實際上似乎又蘊藏著什麼君兒沒辦法說出的深層含意。

「我知道了，君兒妳小心。」卡爾斯一手握拳，重重敲在自己的心口上，做了一個星盜對戰友特有的暗語手勢——「我心與妳同在」。

君兒也燦爛一笑，回了卡爾斯同樣的手勢。她知道，老大一定聽得懂她的語中深意。通訊告一段落。

不久後，群聚而來的星辰淚火以極為猛烈的力道衝撞上了那閃動著彩虹光輝的虛空屏障光膜。

幾乎是眨眼一瞬，虛空屏障便開始崩裂，轉瞬消失，星辰淚火正式降臨！

Chapter 171

龍之哀歌

龍族區域在虛空屏障消失以後，傳來了一聲低沉宏亮的龍吼聲。隨後，更多的龍吟一同響起，遠遠的傳遞進了鎮守前線的人類耳中。

本守候在虛空屏障外的巨龍們像是收到了指令，開始從虛空屏障碎裂的區域直衝新界而去！

巫賢目光死死的盯著自己前方監控著戰局的畫面，見龍族大舉入侵倍感無奈。雖然新界是他的星神世界，但世界的邊緣還是聯繫著真正的宇宙空間，兩者僅僅是透過虛空屏障隔絕開來。

因為在他瀏覽君兒的命運時，知曉了如果君兒生活在封閉世界的話，她靈魂的傷勢將無法得到治療和痊癒，並且還會加重病情，直到最後走向自我毀滅的道路——或許這是因為魔女誕生於宇宙意識，所以儘管她成為新的獨立個體，卻仍舊無法脫離真實宇宙。

所以他只得用這種方式，將自己的星神空間設在真實宇宙之中，同時依靠虛空屏障阻擋任何宇宙的來犯者。

但宇宙的星力總有豐富與低微的潮汐時刻，這也是虛空屏障在每隔幾百年就會進入虛弱期的主要原因。

可這一次卻是由直接來自於宇宙深處的星辰淚火強制提前帶來了破壞。當星辰淚火衝撞虛空屏障的瞬間，巫賢眼前的所有觀測數據一瞬間來到危機臨界數值，他在第一時間就指揮羅剎將維持虛空屏障的星力轉成供給給神陣，減少虛空屏障在抵禦星辰淚火時的能量消耗。

此時此刻能保留一份能源便是一份力量。

既然星辰淚火註定就要落下，他們硬扛只是白白耗損能源而已。

而隨著虛空屏障的破碎，巫賢可以感覺到某種被關注的感受，然而那份關注並不僅僅只是針對他，卻是針對著新界此處的整體戰場……那想必就是主宰這個宇宙的最高意識了。

巫賢神情嚴肅的關注著戰局的虛擬畫面，神情凜然。

「為了這一天，我傾盡一切算計布局，就看這次我們是否得以超越宿命，成為凌駕於命運之上的自由存在。和祂爭了千年時間，也該是畫下句點的時候了！」

✻ ✻ ✻

在星盜團聯合戰艦隊伍中，卡爾斯激昂的演講在各大星盜團的屏幕上播放著。

「記住！龍族一旦入侵我們的星球，帶來的將是全人類的災難！雖然我們是殘酷的星盜，但永遠不要忘了，這裡還是我們的根、我們的家鄉！守護這裡，我們才有未來——」

由於星盜團在人類世界的風評不好，所以另外組成同盟團隊。而卡爾斯身為排名第一的星盜團團長，自然擔負了指揮團隊的重責大任。

「我知道你們很多人跟我這位冥王星盜有仇，呵呵，我當然也不例外。但在這個人類集體身陷危機的時刻，我們不是敵人而是戰友！我們的星系與家鄉正遭受共同的危機，我們是同樣陣線的家人！請將所有的仇怨與憤怒全都暫時放下，一心同體的共同為了彼此的未來而戰。」

「記住，這個時候我們得將後背託付給我們的戰友，若有哪個不長眼的星盜團暗中私報仇恨，就算得以在戰場上逃過一劫，在戰爭結束以後也將會遭到全體星盜們的終生追殺！相信各位都是明眼人，若是你們不想在戰場上被別人從背後捅一刀，那就不要妄圖在別人背後捅刀！等這場戰爭過去，你們要怎樣廝殺都可以！」

「最後，永遠不要放棄希望！」

「以上，準備戰鬥吧！為了我們共同的家園——」

在結束一番挑動人心情緒的演講過後，卡爾斯嚴肅的坐回艦長席位，只是神色不由得掠過一分蒼白。

一旁的蘭則默默的使用水元素天賦暗中穩定卡爾斯的傷勢，同時忍不住因為卡爾斯先前的演說而心情激動。她的內心對即將展開的戰爭本來還存有惶恐，卻在卡爾斯的演說下淡去，取而代之的是一種自信與堅強。

卡爾斯看著大屏幕上投射的龍族分布圖、以及各自抵禦該處的星盜團或組織軍艦的名稱標示，透過視訊畫面與其他星盜團團長討論戰爭開始後可能的局勢變化；紫羽則坐在他一旁的座位上，負責幫他分析及解讀各區域回報的戰況。

這時，艦首處忽然出現了空間裂縫，裡頭走出的人卻讓卡爾斯為之一愣。

對方有著卡爾斯再熟悉不過的黑髮黑眼，就是瀏海凌亂的蓋住了眉眼，臉上帶著玩世不恭、瀟灑輕鬆的笑容——

「靈風！」卡爾斯驚喜的喊出了對方的名字，「我就知道你這毒舌紳士不會死！」他開朗一笑，神情不經意的帶上了幾分輕鬆。

「老大你說這什麼話啊？」靈風扯了扯嘴角，臉上表情也是輕鬆。他環顧了艦首處一眼，和那些過去熟悉的團員輕輕點頭算是打了聲招呼。

卡爾斯隨即沉重了神情，問道：「靈風，精靈族不是離開了嗎？那你……」

靈風展顏一笑，回答道：「我為履行騎士的約定而來，這是我出於自己決定所選擇的未來。往後我不再是精靈族的王了，我只是靈風，只是君兒的哥哥而已。這一次來是和老大打聲招呼；這場戰爭很危險，老大你們要小心。我要去君兒身邊了。」

卡爾斯衝著靈風比了個握拳擊胸的手勢，「去吧！我這一次要指揮全局沒辦法親上前線，但我的精神與你們同在！莫棄希望，心存奇蹟！」

靈風因為卡爾斯最後一句話而為之一愣，然後回了個相同的手勢，綻放燦爛的笑容，隨後身影消失在空間縫隙中……

＊＊＊

當淚火降臨，龍族彷彿也收到了戰鬥的指示，邊長聲咆哮、邊從四面八方攻了過來。他們龐大的體型使得人類在他們眼前相對渺小，但巨龍們絲毫不敢小看那些猶如螻蟻一般的角色。這些看似弱小的人類，卻在這千年之間無數次的抵擋了他們龍族的前進。

戰龍很是激動，卻壓下了想呼喚戰天穹的念頭。

他對著身旁另外兩位守護神揮了揮手中的長刀，滿腔戰意的說道：「波賽特、泰坦，好久沒有和你們一起並肩作戰了。」

一旁的兩位守護神「海神波賽特」和「盾神泰坦」，內心同樣充斥著火熱的戰意。

「海神波賽特」是名極其擅長操控水元素進行大範圍戰鬥的俊秀男子，他手上提著一柄繚繞著藍色星力的細劍；「盾神泰坦」容貌老實敦厚，他一如其名，一手提著大盾、另一手持著長劍，因為本身防禦力強悍，領域性質也屬防禦性質較多，因而得名。

三人並肩作戰多年，雖然平常各有事務處理不常往來，卻是戰場上的好戰友。

與這些巨龍戰鬥了無數次，他們早已不懼那些體積龐大的巨龍；但這一次，龍族幾乎是傾巢而出，來犯的數量比前幾次還整整多出了十倍！可以見得龍族過去還是保留了不少實力，直讓三人面色凝重。

龍族的隊伍帶著長長的龍吟咆哮聲衝了過來。而這其中，有將近三分之二的巨龍全往戰龍衝了過去！因為戰龍手上的那把成名戰刀，是用龍族神靈的斷角打造而成的武器，也等同於龍族之羞，自然吸引了無數巨龍朝他攻了過去。

「來得好！」戰龍一聲長嘯，提著大刀閃身衝了出去，在人影與第一頭巨龍接觸時，瞬間張開了自己的星域領域，將絕大多數朝他方向衝來的巨龍全都困在其中。

而後，兩位守護神跟著上前，各自張開領域困住了攻擊而來的巨龍！

少數避開領域封鎖的巨龍繞過了他們，朝著第二防線直衝而去。這時，一群群虛空而立的星界級強者們揚聲吶喊，各自張開領域一同衝了上去。

君兒和牧非煙也同時展現了各自的力量。當兩女各有不同卻同樣絢爛美麗的蝶翼在各自的背後綻放時，登時惹來不少關注。

「蝶翼……是、『魔女』？！」

「別分神，這裡是戰場！」知道有人關注自己，君兒一聲大喝，讓那些因此閃神的人們趕緊回神。她和牧非煙連手施展大範圍的符文加持技巧，同時高喊道：「我們不是你們的敵人，這一場戰爭，我們會協助你們一起戰鬥！因為背後同樣是我深愛的世界，而我深愛的人也同樣為了這個世界在戰鬥著！」

在君兒和牧非煙身旁，那些被她們連手加持輔助符文之力的人們是最先回過神來的。他們立刻招呼外圍的人們來替換位置，讓那些強者得以靠近君兒兩人來獲得輔助加持。

大敵在前，人們很清楚此刻不是內亂的時候。無論先前新界裡如何謠傳魔女將會帶來危機，她此刻的舉動正表示著她此時是戰友而非敵人的身分！

連續施展了好幾次大範圍的符文加持技巧，饒是解放了魔女之力的君兒也有些吃不消。她的魔女之力並不是真正覺醒成為魔女以後得來的，在解放以後必須透過不斷吸收星力才能緩步提升；相較於君兒施放符文技巧的速度稍稍變慢，牧非煙施展的速度倒是節奏穩定。

她見君兒疲倦，張口就想勸君兒休息，卻因君兒堅定不移的眼神打消了她那樣的念頭。

可君兒和牧非煙這兩位魔女身處戰場中，對負責執行宇宙仲裁的龍族而言，簡直就像是黑暗中的兩盞明燈似的，讓越過第一防線的巨龍們幾乎全衝著兩女而去！也使得防守君兒這個區域的人類強者遭受到了最強大的攻擊。

「魔女！」巨龍張口咆哮，用著彆扭的人類通用語喊出了對君兒的稱呼。

認知到巨龍的目標是自己和母親，君兒一咬銀牙，轉頭向牧非煙說道：「這樣下去不行，媽媽我們得分散開來，不然會對我們這個區域的同伴造成太大的壓力。我們分開也能夠分散龍族的攻勢。」

牧非煙立即拒絕道：「我不會離開妳身邊！」她眼中有著堅持。過去她沒能保護妹妹辰星，這一次說什麼也要保護好自己的女兒。

「媽媽，這裡是戰場！而我是一名戰士！」

君兒語氣之嚴厲，讓牧非煙為之震撼。

「既然我被允許踏足此地，就已經做好了戰鬥和死亡的準備。雖然我是妳女兒，但也請不要太過保護我，這樣不能讓我成長，反而會害了我。妳能做的，就是相信我、支持我還有鼓勵我，但不能夠將我永遠護在身後！」

「就連天穹都親上前線戰鬥了，所以我也要戰鬥！」

君兒看著牧非煙，眼裡只有令人心悸的堅持。

直到牧非煙神色苦悶的輕輕點了點頭，君兒便頭也不回的展開蝶翼，用著比其他強者更加迅疾敏捷的速度往別的方向飛了出去。那些本來直朝她們衝來的巨龍分成了兩隊，一隊前去追逐君

兒，另一隊則直朝牧非煙衝去。

「君兒，好好保護自己！」牧非煙只來得及吶喊這句話。

君兒只是簡單的回了一句「我會的」，便協同其他人類強者一同迎戰巨龍。

牧非煙雖然感到焦心，卻還是轉瞬投入戰鬥。

另一方面，龍族領地幾乎已經徹底淨空，只剩下盤據在領地中心懸浮隕石上的三頭巨龍。

金色和白色的巨龍體形，比被他們護衛在正中間的紫黑巨龍整整小了十倍。要知道，他們身為龍族之王，體型可是尋常巨龍的十倍之有，這意味著中間的紫黑巨龍整整比普通巨龍大了百倍之多！

金龍王特蘭克恭敬的低垂著龍首，對著紫黑巨龍尊敬的開口詢問道：「尊貴的神靈啊，您所說的那件事是真的嗎?那位精靈王真的……為我們實現了那件事?」

一旁的白龍王艾爾斯垂首而立，卻也同樣好奇金龍王的問題。

紫黑巨龍眼神深幽，卻是滿懷笑意輕鬆的給出了回答：「沒錯，在我們毀滅了一個又一個世界以後，在這裡，我終於找到了擁有那樣能力的存在——我們的願望得以實現，也意味著這段漫長的旅程將要在此地終結了！」

「但因為我們放下過滔天大罪，每一位族人的靈魂都被烙上宇宙意識的奴隸印記，所以我們無法違背祂的命令，唯有為了使命而戰死，我們才能得到永恆的解脫。而，這也是，實現那份那份願望的代價……」

「我明白了。」金龍王痛苦的闔上眼。如果可以的話，誰不想活下去呢？但，如果這就是宇宙的責罰，那麼他們將要代替那唯一一位得以超脫命運的龍族族人，承擔自由的代價！

白龍王艾爾斯的神情倒是比金龍王輕鬆不少。他看著前方的戰爭所在，忍不住想起了昔日他們曾經的輝煌——

在過去，他們是身處世界之巔的族群。仗著強大的力量，他們對宇宙失去了應有的尊敬之心，變得傲慢、狂妄、霸道且睥睨一切。他們恣意的吞噬能量，並且毀滅其他位面的生靈，然後嘲弄的看著那些比他們低賤的生靈在絕望之中哀求痛苦著。

他們自以為神，開始妄圖以龍族之身與意志，超越命運的掌控，試圖取代這整個宇宙的主宰意識，妄想成為凌駕在這整個宇宙之上的存在！

然而，當他們真有那麼一日想要試圖脫出「命運」掌控時，他們違逆宇宙法則的舉止終於惹怒了宇宙的主宰意識！自大的他們不以為懼，甚至還想毀滅宇宙意識，並且向宇宙意識發動了戰爭——結果顯而易見，他們輸了……輸得徹底。

所有的龍族被烙下了宇宙的奴役印記，成為不得不尊重祂意志、聽從祂指示的工具。然後連龍族本來的世界都被毀滅、存亡都被控制。直到最後，最終他們淪為宇宙的玩物，就像過去被他們玩弄的其他族群一樣……

宇宙意識派遣他們，一次又一次的討伐其他世界觸怒祂或違反法則的存在，龍族原本強悍的族群，在一次次的戰役中逐漸衰敗，曾經的五位龍神殞落至只餘一位……而這一次，也將是最後一次。

曾經驕傲的他們，如今正在為自己犯下的過錯付出代價。

「去吧。為償付代價而戰，為了掙脫命運的束縛而戰。」龍神弗爾歐特下達了最後的命令，同時站起身，張開了雄偉寬大的巨翼，發出了一聲戰意十足的長長龍吼。

「為靈魂的自由而戰。」白龍王艾爾斯隨之站起，與龍神齊鳴。

「為掙脫命運而戰！」金龍王特蘭克張口咆哮，眼神閃動決然的光輝。

龍神弗爾歐特用著龍語高喊著宣言：「龍族驕傲永不抹滅！族人啊，戰鬥吧——以我們的性命、靈魂，完成我們被烙印在靈魂之上的任務！」

遠方的巨龍聽見了自族神靈的長鳴，不由得應聲附和。陣陣龍吼交織成了某種雄壯卻又悲傷的歌曲，迴盪在一望無際的戰場上。

Chapter 172

惡鬼戰龍神

當巨大的紫黑巨龍張開翼翅之時，遠遠的就能看見對方那遮天蔽日的寬大翼膜，讓遠方戰場上的人類不由得神情凝重。

而當紫黑巨龍展翼高飛，身旁一金一白的龍王隨之起舞時，第一防線的戰龍若有所覺的抬起頭來，目光穿越了領域的光膜，看向了龍神的方位。他轉頭對著其他協助戰鬥，同樣擁有星域級的強者高喊：「龍神與兩大龍王出動了！波賽特，我們兩個頂上兩頭龍王；其餘人在我們倆解除領域限制時，想辦法將脫離領域的巨龍全拉近你們的領域裡，盡可能為後面的戰友多抵擋一些敵人！龍神大家不用管，『凶神霸鬼』已經在前面候著了！」

戰龍的最後一句話打消了大夥的猶豫與凝重。

「明白！」其他人類強者齊聲應答。

戰龍瞬間解除了自己的領域，本來被禁錮在他領域裡的巨龍們開始朝四面八方飛竄而出，有些再次落進了隨後趕來支援的其他強者領域之中，少部分逃過一劫，接連闖入第二、三防線。

每一分每一秒都有人在死去，但人類所能做的，便是戰到至死方休！

龍神弗爾歐特向新界飛行了一段距離以後便止住了飛行。不知何時，在人類第一防線的前方，一名赤髮的男性已然守候在該處。

龍神弗爾歐特與之相隔千里四目相望，雙方眼中戰意如虹。

龍神身旁的兩頭巨龍在見到那名渺小的赤髮男性以後頓了頓身形，白龍王表情凝重嚴肅、金龍王則是冷哼了一聲，卻是繞開了他，繼續向奇蹟星所在飛去。

赤髮男性也絲毫不理兩頭龍王，只靜靜的看著那虛空靜立的龐大龍神。

戰龍遠遠便看見戰天穹的背影，心中不由得浮現幾分驕傲。他好想對空大喊一聲「那是我爹」！但卻只能死死將這句話壓在心裡，僅因戰天穹還沒有對外承認他與戰族人的身分，戰龍不能在公開場合認他這個養父。

雖然在驕傲之餘感覺到了幾分心澀，但戰龍明白戰天穹回歸戰族是遲早的事情，一時間便也放下了那份無法公開承認戰天穹身分的酸楚。他轉眼盯上了正朝他看來的金色巨龍，嘴角揚起一抹爽朗且充滿挑釁意味的笑容來。

「金龍王特蘭克速來送死！」戰龍一甩手中長刀，上頭本來染著的龍族血液被甩了出去，刀身轉瞬光潔，不留絲毫血漬。「上一次沒能宰了你真是遺憾，我有至親將要娶妻，我正愁沒有好禮物可以出手，一直惦記著你腦袋上的兩根龍角，想要打一對金童玉女當結婚禮物呢！」

金龍王特蘭克脾氣較為暴躁，聽戰龍這樣語出挑釁，登時長嚎一聲，龍目怒睜，龍翼一搧，形影一個模糊，飛行速度竟是加速了幾倍，如同一顆金色流星般朝戰龍衝了過去！

面對這頭僅次於龍神的龍王，戰龍雖然語氣輕佻卻沒有絲毫鬆懈。對戰龍王他沒有施展領域，而是將領域收縮在自己周身，形成一層防禦的薄膜，以此增強自己的抗打擊能力，與金龍王展開了近身肉搏。

「龍族之威不可侵犯，戰神龍帝，你將會為你的言語和稱號付出代價！」

金龍王特蘭克憤恨的咆哮出聲，不經意的提起了戰龍的守護神稱號──「龍帝」，這一詞或許是人類敬畏戰龍所賦予的稱號，但對真正的龍族而言卻是刺耳稱呼！

金龍王使出渾身解數，立刻就和戰龍戰成一團。

另一邊的白龍王艾爾斯，隨後對上了等候著他的另一位守護神。與戰龍不同，這位名號「海神波賽特」的守護神並沒有採用近戰，而是操控自己特殊的天賦能力，在一望無際的星空中以星力凝聚出一片浩瀚美麗的藍色海洋與巨大的水巨人，操控水巨人和白龍王展開了戰鬥比拚。

白龍王飛翔在折射著燦爛星光的藍色海洋上，可就在他和「海神波賽特」戰鬥時，後者卻因為海洋折射星光所帶來的耀眼反光，沒有注意到一抹渺小的白影瞬間從白龍王身上閃身而出，化作一道隱晦的白色流光直朝第二防線的君兒方向飛竄而去。

君兒正和其他人類強者聯手抵禦巨龍的攻擊，她利用自己背後蝶翼帶來的敏捷速度，巧妙的在巨龍龐大身軀與狂暴攻勢中自在的閃避，並且不時使用自己的符文雙劍在巨龍身上劃出一條條鮮血綻放的傷痕。

此時，她內心忽然感覺到了一絲危機將至的顫慄感，下意識的展翼飛出了本來被群龍包圍的區域。

突來一道白光追上了她！

剎時，白光亮起了灼眼的光輝，片刻後，一頭比尋常巨龍體積還要大上無數倍的白龍遽然出現在君兒眼前！

同一時間，那本來與「海神波賽特」對戰的白龍王忽然形影一虛，轉瞬暗淡消失，直讓「海神波賽特」為之一愣。

「是白龍王艾爾斯最有名的幻影分身！」波賽特一個回首，立即見到了闖入第二防線的白龍王身影轉瞬出現；可當他想要透過瞬間移動前去追擊時，卻被一群群聚而來的巨龍攔住了去路。

白龍王艾爾斯目光冷冽殘酷，他看著在星空中展翼飛舞的人類少女，沒有忽略對方那隨著時間推移而緩慢提升的魔女之力，儘管旁人或許感覺不出其變化，但他們龍族本身就是被宇宙派遣而來要抹殺罪人存在的仲裁者，自然對任務目標的感應特別強烈。

看著君兒此刻眼神清澈、神情堅定的模樣，艾爾斯誤以為君兒已經通過了魔女的覺醒考驗，真正的掌握了魔女之力，畢竟如果考驗失敗的話，她早應該被毀滅意識操控並且執行使命了；卻不曉得君兒根本沒有通過考驗，就連巫賢等人也不知道君兒的情況究竟為何，這也是艾爾斯誤會的主因。

而宇宙意識僅在一開始時下達命令要他們前來這一界執行任務，之後便不再聯繫他們，自然也不會告知考驗失敗與否。

但唯一可以確定的，便是抹殺魔女——無論魔女通過考驗與否！

白龍王艾爾斯張口冷喝：「魔女，龍族艾爾斯奉宇宙之命前來執行抹殺任務，小心了！」

君兒望著眼前猶如一座高山般龐大的白龍王，內心只有全然的冷靜。

她知道自己和母親一定會成為巨龍們的目標，也有設想幾個遇上強敵的危機局勢，但畢竟這是她第一次對戰龍族，白龍王渾身強勢的龍威，令她不由得渾身緊繃了起來。

這是她第一次直接感受龍王龍威的威力，果真強悍如斯。

但君兒絲毫不畏懼，內心在感受到龍威壓迫時，不由得升起了一股爭勝心！

有危險才有突破。君兒已經有一段時間沒有感受到這種沉沉壓迫在心口上的危機感了，這不禁令她有些激動。比起修煉，還不如實打實的戰鬥還來得能讓人進步。

可是，就當君兒想要挑戰看看眼前的龍王時，一聲滿懷焦急擔憂的男性嗓音忽然從君兒身後傳了過來！

「笨蛋，這頭龍王由我來牽制，別傻愣在這！」

對方幾乎是在君兒還沒反應過來的瞬間就逼近了君兒身邊，同時一把扯住她的身後衣領，直接將她遠遠甩了出去。

就在君兒穩定了身形後，那名說話的男性已然對上了白龍王。

一頭凌亂的黑髮，手上的符文雙槍，背後燦爛的藍金光翼，修長又熟悉的背影——

「靈風！」君兒又驚又喜的喊出了對那人的稱呼，訝異他此時竟然會出現在此處。永夜一族不是已經遷移了嗎？為何靈風還在這裡？

白龍王因為突然出現的男子而神情一怔。看著對方背後那對屬於精靈特有的光翼，但其藍金色澤卻是獨特且絢爛，他不由得語出愕然的高喊道：「精靈王？不、不對，你不是和我們接觸的那位精靈王！」

此時，具有未來力量的靈風擁有和人類守護神不相上下的實力，在趕來君兒身邊以後，他便成了第二防線抵擋白龍王的最強戰力。

「和你們接觸的那位是我的雙生哥哥靜刃。不過他現在已經實現願望離開這個世界了，我也

為了實現我的願望而來。」

再提起那在自己眼前徹底消逝解脫的兄長，靈風語氣不由得染上了幾分酸楚，可隨後則轉為輕快，一抹不為萬物所拘束灑脫的笑容揚起，渾身氣勢盡出，竟抵免了白龍王的龍威。

儘管靈風表現的輕鬆，但他偶爾被無形風流吹起瀏海露出的黑眸，卻是絕對的冷靜與嚴肅。眼前這頭龍王可不是等閒之輩，他得全神貫注的應付才行。

白龍王只是深深的看了靈風一眼，卻是長吼一聲，不遠處正在與其他人類強者戰鬥的巨龍們立即甩開敵手，掉頭將靈風和君兒兩人團團圍住。人類強者見本來的敵人竟然捨棄他們轉而掉頭將最脆弱的背部破綻露了出來，便是呼嘯一聲，把握機會群攻而至。

局勢頓時陷入一片混亂。

靈風更是臉色微青，他先前將君兒甩遠就是希望能替君兒牽制住龍王，讓君兒遠離此處，沒想到君兒不但沒有離開，反而作勢要飛回自己身邊。看著疾飛而回的君兒臉上滿是戰意，靈風除了苦笑以外還有無奈。

見巨龍們將他們團團包圍，那副朝他們直衝而來的凶狠模樣，就連星域級實力的靈風也不由得神情沉重。

「君兒，到我身邊來。」靈風忽然高聲喊道，並且舉槍擊退了幾頭跟在君兒背後的巨龍。

君兒隨後趕到。

儘管靈風不願意將此時力量還未完全提升至得以應戰龍王的君兒牽扯進戰鬥裡，但四周群龍環伺的情況下，也由不得他選擇。唯有利用領域的力量將大敵捲入其中，不僅能隔絕其他巨龍的來犯，若是他打敗了龍王，群龍也不足為懼。

「笨蛋妹妹，看樣子妳得和哥哥我一起並肩而戰了。不過這一次，我會保護妳的！」

語畢，靈風對著君兒燦爛一笑，隨後看向目光嚴厲盯著他的白龍王，一層猶如藍翡翠般的領域轉瞬擴散，將距離他最近的白龍王以及君兒一同捲入了他的領域之中！

＊＊＊

「你比千年前又更強了。」看著眼前的赤髮男子，龍神弗爾歐特戰意十足的說著。

自從他成為神靈以後，少有人能與他平等一戰。然而，這一次他終於等到了一位能讓他全然放開一切，暢快一戰的對象了！

「凶神霸鬼，這一次我們就來為千年前那場未完的戰鬥寫下結尾吧！」弗爾歐特閃動著狂猛戰意的眼死死盯著戰天穹，然後龍首人性化的彎出一抹爽朗笑容。那抹笑容夾帶著幾分再無留念的

豁達。

戰天穹瞬間明白了，這次的戰鬥將會不同於過去的那場戰鬥。看龍神的神態，顯然他已經做好在此戰中身殞的準備。

「戰吧。」戰天穹放肆一笑。能夠遇上能放手一戰的敵人，他同樣心情狂熱。

戰天穹隨後操控星力，憑空抓握出了他的成名武器——那柄血色、刻滿無數惡鬼面孔的惡鬼戰斧。而當戰斧凝為實質，戰天穹也不再壓抑自己，釋放出了自己冰冷凜冽的殺氣。赤色的眼眸只剩下冷酷的殺意。

猶如實質的殺氣，讓龍神弗爾歐特不由得縮了縮眼瞳。他昂首咆哮道：「戰吧！不是你死，就是我亡！」

戰天穹暢快的放聲怒吼，聲音之宏亮甚至還一度蓋過了龍神詠唱龍語魔法的聲音。反正此處沒有其他人類，他不用顧慮會被發現身分，索性放開枷鎖限制，解除遮掩自己真容的符文道具，臉龐上亮起一個個妖異的鮮紅字符，鐵灰色瞬間席捲全身，眼白轉為赤紅，看起來萬般邪惡。

血色海洋轉瞬出現在星空上，無數的血浪高起，就想將龍神弗爾歐特封鎖進領域之中！

一聲高亢的龍吼聲響徹天地，弗爾歐特抬爪撕裂空間，在戰天穹朝他衝來的路徑上製造出了無數個閃動著幽光的空間裂痕。然而，戰天穹腳下那片綿延不絕的血海只是大浪一拍，空間裂痕就被轉瞬抹平，龍神此番舉動絲毫無法讓戰天穹前衝的步伐有所停滯。

龍神弗爾歐特心中的危機感告訴他，若他落入對方的領域之中，恐怕本來持平的局勢將會直接倒向對方！戰天穹此刻已是星神級的巔峰強者，他的星神世界雖然還沒真正成形，卻也如同巫賢般能夠完全掌控並設定自己星神世界的限制與條件。一旦進入戰天穹的領域，將會處處受制。

此時，龍神弗爾歐特心中除了震撼，卻是更加激昂。

「很好！你的確值得我全力一戰！」

強大的龍威終於降臨。

兩個強大的存在，為了各自守護的理念而戰！

＊＊＊

就在戰天穹與君兒等人皆陷入戰鬥的時候，也有不少巨龍接連闖過了第一、二防線，他們起先各自零散進攻，最後卻像是早有預謀似的專往一個方向進攻，為守護該區的人類帶來了危險與災難。

「不好，快提醒七區的大部隊！七區座標……正遭到龍族的猛烈攻擊！」

身處第三防線的其中一個戰爭指揮部立即有人察覺到了不對勁，趕緊招呼七區所有負責的戰艦前往該座標進行支援。

本來飄浮在星空中待命的戰艦砲口紛紛對向該處，對著群聚該處的巨龍砲火齊射。

慘烈的龍吼聲迴盪星空，但卻有更多的巨龍利用自族族人的龐大屍體作為掩護，直朝目標猛烈攻擊——第三防線的七區並不是最薄弱的守備區域，如今卻意外被龍族選作主要猛攻的目標，實在令人有些始料未及。

這時，在戰爭指揮部的雷達上，忽然有屬於人類一方的艦隊綠色光點不但沒有迎戰巨龍，反而還朝著反方向逃逸……

在生死交關之時，還是會有人按捺不住死亡的恐懼，選擇了臨陣脫逃！

指揮官氣憤的破口大罵：「混蛋！逃跑的是哪個組織還星盜團？！X他的，老子事後一定要通報全世界，讓全世界的人唾棄他！」

大量屬於敵人的紅點出現在指揮部的雷達上，並且飛速的趁著那些友方綠點退逃奇蹟星所導致的防守空洞，闖入了他們的警備線。

「龍族突破第三防線了！」

「快通知七區附近所有的艦隊趕往支援！拚死也要攔下那一群巨龍，絕對不能讓他們闖進我們的世界，快快快！」指揮官語氣沉重的下達著指示，很快就聯繫上了身處七區、距離龍族入侵座標最近的戰艦隊伍。

黑帝斯星盜團

「老大，指揮部傳來了緊急求救訊號，在座標XXX的地方，龍族攻破第三防線了！負責該區域的團體不戰而退！」一名星盜神色憤慨的將訊息轉達而出。

卡爾斯本來還嚴肅的端坐在艦長席位上，聞言直接站了起來，也和那位指揮官一樣忍不住破口大罵：「是哪一個混蛋組織，竟然幹出這種只有懦夫才會做的破事！？統整我團所有兵力，全速趕往攻破座標，我們拚死也要攔下那群巨龍！」

幾乎是沒有猶豫的，卡爾斯選擇了迎戰。

身為星盜，他們或許殘暴，但身後的星球是他們唯一的故鄉，上面住著他們的親朋好友，哪怕是死……也要保護他們深愛的一切！

跟在卡爾斯身旁負責照顧他的蘭，聞言頓時蒼白了臉色。她沒想到第一次參加戰爭，就會遇到這種危急局勢。她忍不住慌張的問道：「老、老大，我們會不會死啊？」

卡爾斯回首望著她，神情只有面對戰爭的狂熱以及那已然做好死亡準備的坦然。

「蘭，告訴妳一個身為星盜應有的概念：當妳成為星盜的那一刻，就註定了妳不可能安穩終老，而是得成為宇宙中絢爛的火花，徹底燃盡自己的生命。死，並不可怕；可怕的是我們無法保護自己心愛的家園。」

蘭看了一眼在一旁面色不改、專心分析著資料的紫羽，表情沉重。

「但老大，紫羽她……」

紫羽聽到自己的名字，跟著抬起頭來，對著一臉擔憂的蘭展顏微笑。「蘭，早在我決定要成為卡爾斯哥哥的人的時候，我就已經做好和他一起戰死星空的準備了。我不害怕死亡，因為這條路上我不寂寞！」

「哈哈，蘭大小姐，別怕嘛！」

「對啊，死亡並不可怕，但若能死得有價值，死亡就充滿了意義，不是嗎？」

星盜們灑脫的發言，絲毫不在乎可能即將來臨的死亡。

蘭有些錯愕，「為什麼？就算我們做了那麼多，人類還是不會感念我們的付出，不是嗎？」

她讀過戰爭歷史，從來沒有在歷史記錄上看過感恩星盜為人類犧牲的大篇橋段，有的只是簡單帶過，這也讓她明白，在這場戰爭中無論星盜付出了多少，但星盜們的惡名註定了他們只會留下惡劣事跡的記錄，而不能被光榮的載入史冊之中。

既然如此，為什麼這些星盜卻還是能絲毫不在意生死的說出這樣的發言來？

卡爾斯哈哈大笑，豪氣說道：「我們星盜之所以是星盜，才不是為了那什麼流芳百世的美名，而是為了一個『爽』字！恣意妄為、瀟灑蠻橫，就算我們不能成為被世人認同的英雄那又如何？我們就是自己的英雄了！諸位，我們都是英雄，保護我們自己的親朋好友，在這場戰爭中絢爛的綻放我們生命的英雄！」

「大家會怕死嗎？！」卡爾斯大聲的問著，他的發言也透過星盜團內的廣播通訊傳到了其他戰艦上。

「不怕！」所有黑帝斯星盜團的成員都紛紛大聲回應道。

「那好，廢話不多說，出發吧！交代附近的其他星盜團，要他們好好防守我們這個區域，別又被龍族闖過了。至於那些不想死的人……抱歉啦，打從你踏上我的艦隊開始，你就得跟我們的團隊一起同生共死了。讓我們一起迎接此生最輝煌的結局吧！無論生死，都要以命相搏，攔下那些巨龍！」

「哪怕我們是世人唾棄的星盜，我們永遠是自己的英雄！」

卡爾斯激昂的發言引來了團隊的共鳴。

然後，他當著星盜團中所有星盜的面，將紫羽從座位上直接抱了起來，霸氣發言道：「小羽

毛，如果這一次我們能活著回來，我們就結婚！」

紫羽瞬間炸紅了臉，星盜們也各自用自己的方式表達祝賀與激動。

蘭的心在這異常熱絡的氣氛中，意外的安定了下來。

成為星盜或許真如緋凰所言的那樣，是一件不賴的事情呢。

最重要的是，活得無愧於心，活得精彩！

蘭很快就調整好了心情，喊道：「好吧，老大我們出發吧！讓那些巨龍嚐嚐我們黑帝斯星盜團的厲害！」

卡爾斯這才灑脫一笑，抱著紫羽下達了指示：「黑帝斯星盜團，出擊！」

指揮部接到了訊息，負責傳遞訊息的傳訊員激動的向指揮官轉達了訊息。

「報告，有消息了！黑帝斯星盜團回報願意擔當阻止入侵巨龍的先鋒，已經出發趕往入侵座標了！」

指揮官神情肅然的問道：「其他團隊沒有回應嗎？」

「報告……該區其他團隊不是說撥不出人手，就是戰況危急無法分神，再不然就是根本沒有回應……」

指揮官眼角扯了扯，因在這種危急局勢還有人貪生怕死的推託任務而氣惱不已。

「等等、又有新的訊息進來了——赤牙星盜團和美杜莎星盜團願意各派出一支隊伍支援！」

「都是星盜……那些平常道貌岸然的組織在幹什麼？！我才不相信以他們和星盜同樣精良的戰艦會分不出人力！真是、這群懦夫！」

指揮官稍後要求手下主動聯繫那些團隊，但在見到那些團隊的指揮者不是牽拖戰況，就是暗示指揮官如果讓星盜去受死，你我雙方都能占到便宜，讓以大局為重的指揮官非常生氣：「給我聯繫地面指揮部，我要讓世人看看這些自認正義的組織面對戰爭的嘴臉！X的，每一次戰爭傷亡最重的都是星盜，享受群眾吹捧的卻都是那些沒出多少力的正義組織，去他X的噁心！」

傳訊員語氣慌張的說道：「但、但是，這樣的話，我們之後的前程會被那些大型組織聯手扼殺的吧……」

「連家園都保不住了你還想什麼前程？！快點給我聯絡地面指揮部！順便幫我聯繫黑帝斯星盜團的團長，我有話要說！」指揮官咆哮出聲，不忘重搥了艦長席位的把手好幾次。

地面指揮部早就接到了有大批巨龍闖過第三防線，直往護衛在行星大氣層上的神陣攻了過來。神陣是奇蹟星最後的保護機制，如果被破壞的話……後果可是不堪設想。

「宇宙指揮部還沒有回應嗎？沒有人來支援？」地面指揮官一臉憂慮的不停追問著傳訊員。

就在他問得傳訊員有些不耐煩的時候，忽然屏幕上彈出了由宇宙指揮部送來的消息。傳訊員趕緊轉達消息：「有三個星盜團自動出發追趕入侵的巨龍了，預計會在巨龍群衝撞神陣之前會戰……宇宙指揮部的指揮官有通話請求。」

「接通。」

地面指揮部的大面投影屏幕出現了宇宙指揮官的影像。

「我實在受不了那些組織團體遇到戰事就死命推拖的噁心嘴臉，每次都讓星盜送死，自己則獨吞功勞，我這輩子最討厭這些道貌岸然的偽君子了！」宇宙指揮官一接通通訊，便對著屏幕上的地面指揮官破口大罵，愣是罵得對方一時半刻都沒能回過神來。

地面指揮官顯然也是了解戰爭內幕的存在，他很快就收到了在第三防線臨陣脫逃的組織名稱——九天醉媚！

在蘇媚失去了力量，再也無法壓抑人心的躁動時，九天醉媚的分部團隊竟然幹出這種世人唾棄的舉止來；相較之下，那些惡名昭彰的星盜此時自願出戰，頓時讓人心生敬意。要知道，脫離大部隊，只憑單獨一個組織的戰艦隊伍面對那些體積龐大的巨龍，除非以戰艦自毀衝撞，否則很難抹殺那一整群的巨龍。

這意味著接下這個任務，便是選擇了一條九死一生之路。
星盜一向是瘋狂的，但在這個時期，他們的瘋狂是令人敬佩的。
「嗯咳，我了解你的要求了……但你要知道，一旦我允許了這件事，往後我們就得各自打包回家喝西北風囉。」地面指揮官聳了聳肩，臉上卻絲毫沒有抗拒的神色。「畢竟，這些組織團體可是占據新界各大領域的龐然大物，哪怕你我戰功卓越，但只要他們用錢打我們上級的臉，之後我們就得捲鋪蓋走人了。」
「老子只是不想讓真正的英雄被埋沒而已。」
地面指揮官微微一笑，「好吧，那就……幹吧！」
人類世界各處都已經收到巨龍入侵的紅色警報，刺耳的鳴笛聲響徹各大都市，人們也都紛紛撤離到城市地下的大型避難所裡。但這樣的避難所面對巨龍的大舉入侵，實在是有些防不勝防。他們只能期待有人可以在巨龍破壞神陣前，將那些巨龍阻攔在星空之上。
這個時候，那不停勸說民眾儘快前往避難所的廣播忽然發出雜音，被地面指揮部的戰備頻道所取代。
「各位人類同胞們，我是此次負責聯繫宇宙的地面指揮官洛桑，向大家報告，目前已經有三

支星盜團自願前往龍族攻破的區域阻攔巨龍入侵。在這裡向各位宣布一個不幸的消息，九天醉媚組織的第七區守備分部臨戰脫逃，也就是他們的逃跑導致了龍族的大舉入侵……當宇宙指揮部向該區域的守備艦隊求援時，卻只有三支星盜團願意接下這個死亡任務，用生命為奇蹟星上的人們開出一條生路來……」

「或許大家都不知道，昔日的戰爭，每一次都是無數星盜付出了生命扭轉了戰局，但最後世人們歌頌的卻是那些沒有付出多少功勞、在民間頗具聲望的大型組織。」

「我知道我說了這些，在這場戰爭結束以後將會迎來軍事法庭的審判，但我和宇宙指揮官已經做出了決定，我們不願埋沒這些真正的英雄……請各位和我們一同祈禱，祝願黑帝斯星盜團、赤牙星盜團和美杜莎星盜團，能夠順利為我們擋下龍族的入侵，並能平安歸來。雖然他們是邪惡的星盜，但在這一刻，他們的行為卻比自認正義的團體組織還來得光明。」

地面指揮官的發言頓時在人群中引來一陣騷動。有人錯愕、有人不屑為之，但更多的人則一如地面指揮官所期許的那樣，開始為那些自願以命相殉護衛世界的星盜們祈禱了起來……

Chapter 173

宇宙意識的交換條件

在閃動著美麗藍翡翠光輝的領域之中，白龍王艾爾斯輕搧龍翼，掀起片片氣旋。他眼神冷淡的看著眼前虛空而立的兩名存在——一位是他不熟悉的精靈王，另一位則是他們龍族任務目標之一的「魔女」。

「精靈王，你要阻止我嗎？」白龍王不解的看著靈風，語出質問。他們龍族不知道精靈族內部的牽扯與分裂，以為兩位精靈王應當無比親近，畢竟，另一位精靈王可是為了拯救這一位精靈王而使用了更動命運的法術啊！

靈風不知白龍王的困惑，但面對這樣的問題他只是灑脫一笑，眼神凜冽的回道：「我已經不是精靈王了，現在的我，只是個為了保護自己妹妹而戰的哥哥。」他在話語方落的同時，手中雙槍瞬間轉化為近戰使用的符文雙劍，搧動光翼直朝白龍王攻了上去！

艾爾斯眼神一肅，見靈風一上來就是殺招，便知道自己若要抹殺魔女怕是得先越過眼前這座難過的屏障了。

白龍王一個旋身，雪白長尾迅疾如鞭的抽了過來！力道之猛烈，甚至還傳來了銳利風響。

「君兒，小心配合我！」靈風語出指示，靈巧的一個展翼閃過艾爾斯的鞭尾攻進，瞬間欺近了他的側腹。可就當他要攻擊時，雪白龍翼遽然合攏，讓靈風的利劍只在那片翼膜上劃出火光，卻沒留下任何傷痕。

「哼！」白龍王儘管沒有受傷，卻能感覺自己翼翅上被靈風利劍劃過帶來的疼痛。他眼神一肅，冷哼一聲，猛然飛退。他雖然體型龐大，卻在這個無重力的宇宙空間裡靈活如魚，一個閃身，剎那便脫離了靈風的攻擊範圍。

龍族戰鬥毫無華麗和技巧可言。對龍族而言，軀體就是他們最強悍的武器，近身的衝撞、掃尾、撲抓、撕咬都非常危險。

而君兒和靈風兩人幾乎在瞬間就達成了共識——由身為魔女的君兒吸引龍王的注意，靈風趁機攻擊。

兩人在一番纏鬥後，終於找到各自的攻擊步調。

「君兒、小心點！」靈風開始手持一刀一槍玩起了危險的接近戰，卻靠著自己身為精靈天生的敏捷和速度，利用白龍王龐大身軀的死角，趁著白龍王的注意力被君兒吸引去時在他身上留下深刻的傷口。

「知道了！」君兒高聲回道，卻因為不小心太靠近白龍王，而被他攻擊時夾帶的氣勁震傷，看得靈風萬般心焦。

君兒吐了一口瘀血，很快又恢復了狀態。

面對白龍王冷冽的眼神，君兒驕傲的發言道：「如果以為這樣就可以擊殺我的話，那你就太

天真了！」

擁有符文技巧的她能夠自我治療，讓她得以迅速恢復傷勢，並且再次和白龍王展開了新一輪的追跡戰。危險迫使她一次次在艱困的閃避中不斷將自己過往所學的一切，以超乎想像的完美狀態發揮而出。

在戰場上，無論是龍族或精靈，最困擾的就是遇到續戰力最強的符文技巧人類戰士。他們或許不是戰力第一，但符文技巧卻大大增加了他們從治療、防禦、速度甚至是攻擊上的威力，可說是連龍王對上都得頭疼一番的對手。

而這次白龍王竟然一次遇上了兩位擅用符文技巧協助戰鬥的敵人，不得不說他無比頭大。

白龍王嘗試過使用先前的分身技巧擾亂靈風，卻沒想到他的分身被施展符文技巧的靈風識破。知道自己最引以為傲的分身技巧對戰符文技巧落了下分，白龍王便只好以真身追捕君兒，同時使用龍語魔法在這寬敞的領域之中投放法術與一些小巧的魔法陷阱。

「該死的符文技巧……」一段時間過去，白龍王越發焦躁了起來。他能感受到君兒本來還有些狼狽奔逃的狀態已逐漸開始變得輕鬆，這意味著她的實力正不停的在戰鬥中提升。

「哈哈、肥蜥蜴，虧你長了一對翅膀，玩跑追追竟然還追不過我妹子，真是有愧龍王之名啊！」靈風笑盈盈的口出惡言，直讓白龍王更加火冒三丈。

見靈風還能在這危急時分開玩笑，君兒忍不住有些哭笑不得。但這也意味著靈風已經讓心情從失去兄長的悲痛中脫離而出了，他是做好萬全準備回到自己身邊陪自己戰鬥的。想到這，君兒嘴角也跟著彎起笑弧來。

「靈風你太壞了，要知道玩跑追追我還贏不過你呢。」想當初靈風教導自己飛行時，她可是完全比不上自幼就能使用精靈翼飛行的靈風呢。

「在這種時候你們還能閒話家常？！」白龍王因而心生怒氣，不停施放龍語魔法開始攻擊君兒，但由於君兒的反應敏捷，那些威力十足的龍語魔法往往沒能傷害得了她，反而不停衝撞靈風的領域邊界。

靈風雖然因為龍語魔法不停衝撞自己的領域而大量耗損星力，但還是盡可能的維持領域的架構，以防外頭虎視眈眈的巨龍們入侵其中——他可以對付一頭龍王，但一群由龍王率領的巨龍，他可沒把握應付。

「抱歉啦，哥哥跟妹妹的組合可不是一加一等於二這麼簡單哦。」靈風語出調笑，再次趁著白龍王閃神的瞬間在他身上割出深痕。

白龍王一臉氣惱，他本來想利用自己的龍語魔法製造一個幻影分身，來蒙騙意欲抵擋他的人類守護神，再闖到魔女身旁一舉將她拿下，沒想到突然出現的精靈王卻成了他最大的阻撓。

「可惡的精靈王！可恨的魔女！」強忍身軀的疼痛，以及在受創的同時也一併被傷害的龍族自尊，白龍王忍不住想起龍族的過往輝煌，想他們以前是多麼驕傲的存在！為何如今卻被過去他們視作螻蟻的渺小存在傷害？

他目光不離君兒，眼神只有悲愴與傷痛絕望。他跟著龍神不停征戰各個世界，眼見一位位親近熟悉的族人殞落，而他卻還活著。可只要活著，就永遠都是宇宙意識的奴隸……他除了為任務而死，否則靈魂是永遠無法從宇宙意識的掌控下解脫。

白龍王猛地想起被宇宙奴役以後，那些在無數戰役中身死解脫的族人，內心忽然浮現一抹輕鬆——他在龍神告知他和金龍王特蘭克，自族已有一位族人在精靈王的協助下得以更動了命運、超脫了宇宙意識的掌控，這意味著龍族將要集體償付更動命運的代價，這一場戰爭，也將是所有龍族的最後一戰……

終於可以結束了。

面對局勢久戰不下，白龍王艾爾斯忽然心生疲倦。他本來還打算戰到至死方休，但心卻已經累了呀。他抬頭看向前方仍在奔逃的魔女，忽然深深吸了一口氣，猛地止住追跡之舉，施展龍語魔法在周身設下了防禦光罩，讓靈風沒辦法攻擊得了他。

「直到今日，我已隨我族龍神征戰了九個世界……」白龍王突然語出感慨的說起了自己的過往，直讓靈風和君兒不禁一愣。

君兒向靈風使了一個眼色，要他按兵不動。知道君兒想要聽下去，靈風便也暫停了攻擊，然後一個飛身來到君兒身旁，擺出了護衛姿態。

白龍王艾爾斯緬懷的繼續講述道：「一開始，我們龍族有二十幾頭龍王，絕大部分都是兄弟姐妹或伴侶身分。顛峰時期，同時擁有五位龍神眷顧守護。」

「只是自從我們妄圖挑戰宇宙意識，卻反而淪為宇宙意識的奴隸以後，我們被宇宙意識派往各大世界，殲滅違反命運與法則的罪人與世界，期間也遭遇過強大種族的反抗，死去不少族人。這段時間究竟耗費了多久？我已經不記得了。我只知道在這漫長歲月裡，我失去了二十幾位兄弟姐妹，殞落了四位龍神，旗下子孫更是死傷無數……」

「我們這一族唯有在戰鬥中、為了任務而死，靈魂才得以永逝，才能真正從宇宙意識的奴役中解放。但，誰不想活？誰不想活？！」

艾爾斯忽然一陣悲愴的咆哮，聲波震盪，直讓宇宙中飄浮的靈風和君兒兩人差點沒被震飛出去。還是兩人翼翅大張，才勉強在無形聲波中穩定了身影。

白龍王艾爾斯最後無奈卻又痛苦看向了君兒，苦澀一笑：「但我們沒得選擇，只能一戰——魔女啊，妳擁有超脫命運的能力，但永遠不要妄圖挑戰宇宙意識的無上權威，否則妳將會淪為宇

宙意識下一個奴隸的對象。我心已倦，此戰也將奉獻自己的生命，完成我族被烙在靈魂中的使命——殺死妳，毀滅世界！」

「我族就算滅絕，也要在這個世界留下深刻的烙印，讓千萬世人記住我族最後翱翔於星空之上的身姿！龍族驕傲永不抹滅！」

白龍王艾爾斯忽然開始詠唱起比先前更加冗長且複雜的龍語魔法。周遭星力竟隨著那奇異的語言開始有了猛烈的起伏波動，繼而成為能量漩渦，甚至還衝撞起了靈風的領域。

靈風見狀，眼神肅然，持劍直衝向前就想展開攻擊，但因為白龍王周身凝聚的星力太過猛烈狂暴，讓本來想要趁著白龍王破綻大開時攻擊的靈風根本無法靠近。

某種強烈的危機感驅使著靈風停止攻擊舉動，展翼來到君兒身旁，並且解除領域，帶著君兒直朝遠方疾飛而去。

君兒眼中有著同情。從白龍王的講述中她明白，龍族也是被操弄命運的悲傷族群。可是儘管她同情她的敵人，卻也不會因此手下留情。

然而，出乎他們預料之外，那些本來包圍在靈風領域外頭的巨龍並沒有追上逃跑的他們，反而群聚飛舞在正詠唱龍語魔法的白龍王身邊。

一時間，戰場上的所有目光幾乎全都聚集到了此處。

而像是聽見了白龍王高唱的龍語魔法，原本在另一邊與戰龍止在戰鬥的金龍王特蘭克突然悲吼一聲：「艾爾斯，我的兄弟，我陪你一起！」他猛然脫離戰場，朝白龍王的所在直飛而去。

金龍王在飛掠之時，嘴邊開始吟唱起與白龍王相同的龍語魔法。

「該死的！」注意到君兒和靈風就在白龍王的不遠處，戰龍怒吼一聲，不停的使用瞬間移動追上金龍王，一次次的在金龍王身上留下傷勢，卻依然無法阻攔住他。

「艾爾斯——兄弟、我們一起召喚絕望吧！將這個世界完全毀滅，毀去這個違逆命運法則而存的世界！」金龍王死命疾飛，像是不顧一切似的趕往白龍王身旁，連防禦都不顧了。

「他X的，金龍王是瘋了嗎？！」

聽著金龍王的咆哮，戰龍內心浮現了不安。但幾次攻擊都無法阻攔金龍王，他最後乾脆一個瞬移來到了白龍王身前，憤慨斬出一道猛烈刀光，試圖先一步終止白龍王的龍語魔法，然而卻有幾頭巨龍閃身來到白龍王身前，代替他被戰龍狂猛的刀光殺死，隨後其他巨龍像是要保護他們的龍王似的，開始群聚起來將白龍王團團圍住，試圖透過龍身組成的牆阻擋戰龍的攻擊。

「保護王、協助王施展禁咒！」

巨龍們有致一同的以肉身圍牆，開始張口一同高唱起了與白龍王同樣的龍語魔法。

君兒和靈風兩人的神情皆是凝重，從白龍王周身凝聚的星力看來，他似乎正準備要施展什麼

大絕招似的。戰龍的趕來與金龍王的加入更讓局勢變得危機十足，更多的巨龍加入此處，開始對著在場眾人進行猛攻。

「君兒小心！」

突然一道迅疾的龍影趁著靈風死命抵擋巨龍攻擊時，就想從君兒的視線死角攻擊她，讓靈風不由得緊張的高聲警告。

君兒一時不察，愣是被那頭突來的巨龍從靈風身邊撞了出去。

「君兒！」靈風見君兒被巨龍抽飛，不由得驚喊出聲。因為他的瞬間分神，被巨龍逮到了機會，一頭巨龍死命撲上，將靈風撞往了君兒的反方向。

「我沒事。」被撞飛的君兒很快就穩定了身形，對著同樣被撞遠的靈風高聲喊道，嘴角卻掛著一行豔紅，顯然因為方才巨龍的衝擊受了點內傷。

另一方面，牧非煙同樣注意到君兒正身處危機之中，可當她想要趕往君兒身邊時，那些本來和其他人類強者戰得不可開交的巨龍若有所感似的，全都衝上來阻止她前進，好像不想讓她回到君兒身邊，讓牧非煙同樣陷入苦戰之中。

「走開，我要回去我女兒身邊！」牧非煙氣惱的對著那些擋路巨龍施展攻擊，卻仍被死死抵擋在外，絲毫無法靠近君兒的所在位置。

「王八蛋，白龍王想要施展禁咒！」戰龍攻擊猛烈，卻無法終止白龍王的龍語魔法，只得張口警醒眾人。

「太遲了。」金龍王憤恨的看了戰龍一眼，「迎接絕望吧螻蟻們！」

此時他已然和白龍王會合。兩頭龍王開始齊唱龍語魔法，周身星力竟是被某種奇異的力量點燃，綻放灼眼的光輝、燃起了極其猛烈的高溫。

一朵潔白得不似人間物的白焰突兀出現在兩頭龍王的額上，並且開始向身體蔓延。

當兩頭龍王開始「燃燒」，圍繞在他們周圍同唱咒語的巨龍身體上也開始發出淡淡光輝——然後就在眾人類愕然的目光下，最中心的白龍王與金龍王竟然開始融解了！

巨龍結實的身軀消融在周身那層奇異的白色火焰之下，露出了鮮紅色的血肉，最後連白骨都融化殆盡，只剩下淡淡的虛影仍在高唱龍語魔法。

而白焰，也越來越旺盛了……

「這些巨龍瘋了！」戰龍一臉震驚，「他們打算透過獻祭來施展什麼禁忌的龍語魔法嗎？不行，得制止他們！」

戰龍的攻勢更猛烈了。

然而，他注意到每當自己殺死一頭巨龍時，那頭巨龍的屍體就會燃起白焰將之焚燒殆盡，投

入由白龍王與金龍王聯手製造出來的巨大白焰團裡，他不得已只好停下攻勢。

「該死，這白焰是什麼鬼？！」戰龍退到了靈風和君兒身邊，凝重的注視著那團白焰。

「不能讓他們繼續發動龍語魔法。靈風，看樣子我們得一起施展禁忌符文的力量了。」君兒神情肅然，從那團看似純淨的白焰中感覺到了不安。她說出自己的決定，手中符文雙劍瞬間切換成禁忌符文「時間」與「空間」的屬性。

靈風看了君兒一眼，知道她心意已決，便同時抓握出了兩把與君兒相同的雙色符文雙劍來。

靈風和君兒手上的紫紅色長劍開始變得扭曲模糊，深藍色的長劍閃動著藍色光輝，周圍開始聚起猛烈的星力。戰龍則在一旁守護兩人，他雖然剛勇，卻沒有如靈風和君兒這樣能夠影響時空的技巧——或許這樣的禁忌之力能夠打斷兩頭龍王聯手施展的龍語魔法。

這也是君兒在掌握符文技巧以後，第一次同時施展時間與空間的禁忌力量！她在靜刃的幫助下，靈魂早已痊癒，施展這樣的禁忌力量頂多耗損她的一部分靈魂之力，卻不會對她的靈魂造成永久傷害。

靈風在準備完畢後和君兒交會了目光，兩人在同一時間揮出了手中雙劍！

當兩人的劍光斬向被群龍包圍的白焰時，在劍光路徑上的巨龍像是感應到了危險，紛紛發出凶戾的吼叫聲，不顧生死的衝上前試圖以肉身抵擋劍光。然而，四道劍光各自夾帶著禁忌的時空符文之力，這種力量之所以被稱作禁忌，自然也是絕對危險的力量。哪怕龍族本身具有極強的防禦，面對這樣的禁忌之力卻依然無法抵擋，被劍光穿過的巨龍，無不因時空符文的力量而湮滅了生機。

儘管被無數以身相擋的巨龍減緩了威力，劍光最後還是猛烈的撞擊上了白焰！

白焰「轟」的一聲，忽然一陣收縮，隨後卻是遽然擴張了十幾倍之有，火勢變得更加猛烈了起來，成了在星空中灼熱亮眼、恍如恆星般的巨大存在！

那連戰龍都為之顫慄的禁忌符文之力，沒想到絲毫無法制止白焰，反而還助長了其火勢！

「那火焰竟然可以吞噬時間和空間的力量？！」靈風一怔，一臉不敢置信。

君兒也是一愣，卻是神情嚴肅。「看樣子，無論什麼樣的攻擊都只會造成白焰的擴大……」她黛眉緊蹙，忍不住想到在開戰前宇宙意識說的那些話。直覺告訴她，或許眼前這團神秘卻又危險的白焰，將會是讓整個世界陷入絕望危機之中的可怕存在……

另一方面，當白焰在戰場上遽然膨脹時，耀眼的光輝不由得讓正與戰天穹戰鬥的龍神弗爾歐特下意識的看了過去，然後面露淒然。

「靈魂獻祭……」他知道那白焰一定是白龍王艾爾斯或者是金龍王特蘭克，施展了靈魂獻祭

龍語魔法所召喚出來的存在。也只有龍王等級的巨龍才能施展那樣的法術，可一旦施展，就必須活生生的承擔自己肉身與靈魂被焚燒殆盡的痛苦直到法術完成，這不禁令他神情悲愴心痛。

那些都是他的族人啊！奈何，這是他們必須償付的代價。只有一死，他們更動命運得以超脫宇宙奴役的那位族人，才不會被命運追討代價……

然而，戰天穹可不管龍神弗爾歐特為何分神，他見龍神出現破綻，血浪瞬間趁虛而入，終於如願以償的將龍神拖進了他的領域之中！

「與其擔憂你的族人，不如好好擔憂你自己吧！」戰天穹怒聲吼道。

龍神弗爾歐特回神時已經太遲了，頃刻間他就被拉到一個只有血海黑天的世界裡。

「可惡、大意了！」

龍神低咒了聲，同時高飛而起，一邊躲避腳下猶如活物、試圖將他拉進海中的血色浪濤，一邊狼狽的施展龍語魔法想要破壞戰天穹的領域邊界。

「往昔你落到我的領域時，便被我趁機斬斷一角，但那時我的能力不夠，無法將你的性命留下；這一次我要讓你永遠留在此地，就讓我們彼此為這場漫長的戰爭劃下一個句點吧！」

語畢，戰天穹持著戰斧攻了上去，沒有任何華麗的招式，只有單純為了殺戮而存在的技巧，橫掃、直砍、側劈，攻擊的全都是弗爾歐特餘下的一只龍角或是他的周身各大弱點。強悍的力量夾帶著可怕的血色星力增幅了戰天穹的攻擊，當他的惡鬼戰斧砍在龍神那號稱無堅不摧的紫黑色龍鱗之上，竟帶出陣陣火花，並且削掉那堪稱最強防禦的鱗片，在龍神的血肉上留下血花四濺的深刻傷口。

「就憑你？！雖然你是我所遇過最強的人類，但不代表你能將號稱最強龍神之稱的我留下！該死的是你！」

龍神弗爾歐特的龍語魔法如同怒雷傾洩在這片無邊的血海之中，卻被那貪婪海洋吞噬得一乾二淨，就連他憤怒噴吐的龍息，也全都被血海沉靜的接下，只是激起大片浪花。

「該死的，我痛恨這片噁心的血海！」弗爾歐特破口大罵，這曾經腐蝕吞噬他無數族人的海洋，究竟是用多少生靈的性命堆砌才能擁有如此威能？他經歷了悠久時光，卻是第一次見到這種詭異的攻擊方式。

魔陣噬魂擁有的吞噬與腐蝕能力猶見一斑。饒是賦予噬魂這般能力的巫賢，恐怕也沒想到戰天穹最後竟然能將這樣的能力發揮到這種程度。

惡鬼咆哮、巨龍怒號！

「死吧罪人，湮滅在宇宙的懲處之下吧！」

弗爾歐特的寬大翼翅與巨大體格，在這片鮮紅的空間中受到了限制。然後就在他費力的閃避

那些高掀的血浪之時，仍不可避免的被豔紅噴濺於身，與之一同襲來的，是連堅實鱗片都能溶解的疼痛，讓他不得不分出一絲心神，使用龍語魔法護住身軀，省得殞落在這片充滿死亡氣息的海洋之中。

這時，君兒等人所在的戰場上，兩大龍王漫長的咒語終於告一段落。

當咒語聲音漸弱，開始有巨龍飛蛾撲火似的衝入白焰獻上自己的血肉靈魂，為白焰更添一抹炙熱。

當大批的巨龍如同赴死一般的直衝白焰時，身為他們唯一的神靈，弗爾歐特更是清晰感覺到了族人那發自靈魂深處的痛苦悲悽之情，讓他忍不住昂首龍嘯。

戰天穹何嘗聽不出龍神吼聲中的絕望與哀傷？但可惜，他們是敵人，同情是最不需要的情感。

戰天穹神情冷酷，身上的紅印因為情緒而閃動著豔紅的光輝，磅礡星力猛然爆發！

就在弗爾歐特眼露駭然之時，血海上忽然浮現一頭惡鬼的巨大虛影。頃刻間，它探爪，將還沒反應過來的龍神壓進了血海之中！

當弗爾歐特的身軀開始無可避免的被戰天穹的血海腐蝕時，異變突生——

那原本猶如風暴中的血海突然停止了，像是被凍結一樣。在血海中掙扎的龍神弗爾歐特和正欲給出致命一擊的戰天穹動作遽然停止。

一龍一人的眼中有著同樣的驚駭。

他們沒能反抗的，意識瞬間被拉扯到一處神秘幽遠的星空之中。

憑著感覺，戰天穹知道又是宇宙意識在從中作梗了。他目光森冷的遙望某處，那裡空無一物，只有綴滿星星的無限星空，但他卻可以深刻感覺到那裡似乎有什麼正在注視著他。

『罪人戰天穹——』

神秘聲音開口的第一句話，讓戰天穹由凝重轉為嘲諷，他冷笑出聲：「因為沒能控制我，所以也將我列作罪人嗎？真是可笑。」

一旁的龍神因為戰天穹竟然敢反駁至高無上的宇宙意識而有些驚訝。

神秘聲音因此頓了頓，奇異空間轉瞬出現了強大壓力，顯然祂因為戰天穹的插話與駁逆心生不悅。祂繼續開口說道：『此次乃整個世界的最終考驗，必須要所有生命都超越絕望才能通過；若是失敗，則世界與罪人巫賢、牧非煙、淚君兒和你將一同被毀滅。但如果你願意犧牲你一人，我可以饒過整個世界並且從此放過那些罪人。』

龍神愕然的瞪大龍目，沒想到宇宙意識竟然會向戰天穹提出如此「優渥」的條件！

戰天穹的回答很簡單。

「……滾吧！」他氣惱咆哮，持斧直接朝著眼前的星空重重砍了下去。

這次宇宙意識的提議觸犯了戰天穹的底線，使得戰天穹震怒得不可抑制。他不是聖人，相反的他是個自私的男人，如果在他沒有遇見君兒以前，宇宙意識向他提出這樣的要求，他或許會為求一份生命的解脫以及世界的和平寧靜而犧牲自己；但如今自己有了珍愛的對象、開始想要珍惜那些對自己好的族人朋友時，對方卻向他提這種條件，他怎麼可能答應？！

現在他有了活下去的意念，無論如何也想要為自己和心愛的人戰到最後一刻！

「就算世界毀滅，考驗失敗，我也不想獨活，更不想當那以一己之身拯救世界的聖人！因為我死了，君兒永遠不會快樂！所以我要和她一起活下去，哪怕死也要一起！」

戰天穹抓狂似的開始破壞視線能夠看見的一切所在，神情之憤慨猙獰，直讓一旁的龍神膽顫心驚。龍神忽然明瞭為何戰天穹能夠與他為敵——全都是因為他擁有一顆不甘於命運束縛的心！

『希望到最後你還……能堅持、你的想……法……』宇宙意識冰冷的聲音隨著戰天穹破壞了這處空間而變得支離破碎。

戰天穹和龍神的意識瞬間回歸軀體。

正當龍神想趁機脫逃血海，腦海中卻響起了冰冷聲音。

『龍族擅自更動命運，若你繼續抱持著此等軟弱之心與罪人戰天穹一戰，則你私自偕同精靈王暗中修改命運的那位龍族，將遭受永世詛咒，終生不得自災厄中解脫！』

冰冷聲音方落，龍神猛然悲嚎出聲，竟是滑落了血淚。

「宇宙意識、祢——好狠！」

此時，弗爾歐特不顧張口便會吞進那得以腐蝕一切的血浪，施展了燃燒生命力的龍語魔法，脫出了戰天穹的血海，並且順勢撞擊上了戰天穹的領域邊界，那劇烈衝擊領域邊界的力道連帶讓戰天穹受了傷。

戰天穹隨意抹去嘴角鮮血，再次擺出了攻擊姿態。

「可惜、可惜……本來還想與你暢快一戰……奈何宇宙不給我時間啊！」龍神的身軀上頭殘留著血海的濕漬，渾身因為被血海腐蝕而蒸騰著白煙。

「抱歉、為了我族的願望……我只得、臣服絕望了……提醒你、永遠不要妄圖、挑釁宇宙意識、的底線……」語畢，龍神眼眸亮起了紫紅色的詭異光輝。就在一瞬間，龍神展翼，揚聲咆哮，毀滅之力乍現！

看著龍神已然失去靈性的眼瞳，戰天穹明白，龍神一旦接受了宇宙意識賦予的毀滅之力，下場怕是……

沒有時間讓戰天穹驚訝了，一瞬間龍神便攻了過來。比起先前縝密與沉穩的攻勢，現在的他

完全只是個失去理智的毀滅機器，舉手投足只想毀滅一切！

可就在戰天穹意欲防守時，龍神那龐大的身影忽然傳出了聲爆，竟在衝刺的瞬間再度加倍了速度，卻是付出了身軀崩裂的代價，一來就直接重創了戰天穹！

當戰天穹口吐鮮血倒飛出去時，龍神身上的血肉開始剝落、血花四濺。然而，他像是若無所覺似的，失去光彩的目光看向了戰場白焰所在的位置，並朝該處飛去，似乎是要獻祭自己的血肉靈魂。

雖然不明白那白焰的用處，但肯定有問題。

為了阻止龍神，哪怕身懷傷勢，戰天穹依舊頃刻回歸戰鬥位置。

「要死，你也得死在我的手下！」

戰鬥繼續。

Chapter 174 身魂獻祭

新界上的神陣核心指揮處，巫賢專注的看著眼前投影出來的白焰畫面，一旁關於白焰的相關數據瘋狂的刷新。每當又有一頭巨龍身殞獻祭時，白焰的能量指數就會拔高，此時白焰整體質量的數據已然超過危機臨界指數。

「這團白焰的質量與熱度太超過了。照這個速度發展，這團白焰遲早會成為新界裡的第二顆恆星……不、甚至可能是巨恆星等級的存在了。龍族是打算透過這樣的禁咒，召喚出一顆巨大恆星來毀滅整個新界嗎？」

恆星雖然是維持行星上生命的重要存在，但恆星本身是擁有極端高溫的星體，若距離行星太近，會對造成行星毀滅！

儘管那只是由龍族透過龍語魔法，並且獻祭生命與靈魂召喚而出的純能量火焰，但其危害已然遠超過尋常的普通恆星！

羅剎在接到戰龍等人回傳的消息以後，嚴肅的說道：「父親大人，戰龍他們又送來請求協助的訊息了。他們按照您的指示嘗試使用領域封住白焰阻止它繼續擴張，但失敗了，白焰的溫度高到能將領域融解。戰龍已經改而下令眾人用領域將巨龍封困起來，不讓那些巨龍有機會獻祭！」

巫賢眉一皺，「領域不能用？」他下意識的想到了擁有吞噬能力的戰天穹。

「戰天穹還沒解決龍神？」

羅剎不發一語的調出了距離新界最遠的戰場畫面，可以看見一片寬敞的紅黑色領域身處該處，那是戰天穹的領域，顯然他還在與龍神對戰，一時半刻抽不出身來制止白焰。

白焰的數據持續升高，並且已經開始影響新界。

「該死，這該不會就是宇宙留的後手吧……」巫賢看著那以可怕速度飆升的白焰數據，不由得冷汗淋漓。他料想過會遇到強大且難以匹敵的敵人，卻沒想到最後的大敵是龍族透過身魂獻祭召喚而出，擁有巨恆星質量與高溫的白焰災難！

巫賢翻動著自己的「命運咒書」，想要毀滅或者是遏止那團白焰的增長，卻意外發現，由於白焰是龍族身魂獻祭召喚出來的存在，不在他的掌控之中！所以哪怕他身為新界主人，也沒辦法透過星神世界的規則之力驅逐白焰，更無法削弱它！

「可惡，要不是我和你必須操控神陣系統以及所有的遺跡功能，否則我早就親自前去介入白焰的擴張了！」

正當巫賢語出抱怨時，羅剎的視線不經意的看向投映著白焰的畫面。看著屏幕上的變化，他猛地驚呼出聲：「父親大人，您快看屏幕！」

「嗯？」巫賢一愣，轉頭看向那投映著白焰畫面的屏幕。

一片絢爛美麗的小型星海突兀的出現在白焰周圍，將白焰重重包裹進星海旋繞的中心，竟是

制止了白焰的擴張！

「那是……？」巫賢瞳孔緊縮，立即衝到屏幕前方，仔細觀察畫面中那片突然出現的星海，然後一愣。

「這是——君兒的星空領域？」

時間向前倒轉，龍族戰場上。

「轟！」

滾滾氣浪高掀，讓試圖攻擊白焰的戰龍，愣是被白焰與力量在碰撞時激起的能量暴動掀飛了出去，還被四散的火花燒紅了肌膚。

「靠，這個龍語魔法到底是什麼鬼玩意兒？龍族到底想幹什麼！」戰龍不由得破口大罵，抬手俐落的將身上被白焰火花燒壞的死肉以大刀削去，然後動作飛快的利用星力治療自己的傷勢。他望著白焰的神情嚴肅凝重，絲毫沒有因為這近乎自殘的舉動而有神色變化。

倒是一旁的君兒看不慣戰龍這樣大剌剌任由傷口繼續流血的舉止，硬是拉著戰龍，使用符文技巧治療他鮮血淋離的傷口。

「X的！那白焰的溫度真他X的高！」戰龍因為這僵持不下的局勢以及高溫而有些心浮氣

燥，忍不住咒罵出聲。

君兒和靈風兩人則因施展了禁忌符文而有些疲倦。連禁忌符文這種強悍力量都無法讓白焰有任何衰退，他們實在想不到還有什麼辦法能夠制止白焰了。

「我們得制止巨龍獻祭。既然無法使用領域阻止白焰擴張，那就通知所有的戰友，想辦法牽制住巨龍，但不要殺死他們！」

「戰龍，聯繫羅剎大人和白金大人，轉達領域無法使用的消息，看看他們是否有解決的方式！」靈風果斷的下達指示。

忽然，君兒注意到當白焰在躍動時，自己額心閃動的圖騰似乎也跟著有所感應。儘管感覺並不清晰，但待她平靜心情、仔細觀察以後，還是肯定了白焰正在與自己圖騰有所共鳴的事實。

圖騰早在巫賢為了賦予她新生力量時已然與她的靈魂合而為一，可以說是身為魔女的她全新擁有的力量，但為何此時會和龍族召喚出的禁咒白焰有所感應？莫非是因為龍族是宇宙派遣的仲裁者，而他們所使用的力量也是直接來自於宇宙的力量；身為宇宙意識直接分裂而出的她之所以會有所感應，是否也意味著她的力量能夠抵擋白焰的危害？

君兒突然有了個想法，但卻有些猶豫不決。

看著君兒露出猶豫的神色，靈風關心的詢問道：「君兒，妳想到什麼辦法了嗎？只要有想法

就提出來，無論是什麼樣的想法，或許都是一個機會也不一定。我們可以一起試試看。」

君兒思考了一會，才慎重的將自己的想法說出來：「我只是在想，如果我是從宇宙意識中直接誕生而出的魔女，那麼我的領域和魔女之力是不是能夠抑制宇宙仲裁者召出的白焰？只是連媽媽的魔女之力也沒辦法，顯然魔女之力對白焰沒有作用；但我和媽媽的差別在於她沒有領域，而我卻擁有一個異常又不知功效的奇異領域……」

「君兒妳試試看。」靈風忍不住出言鼓勵。事到如今，無論什麼樣的手段都要嘗試看看，搞不好解決的辦法就在裡頭。

只是戰龍卻皺起了眉，憂心的看向那快要比恆星還要龐大的白焰，語出猶豫：「但是白焰太大了，支撐領域需要消耗大量的星力，而且要將領域完全覆蓋白焰……君兒妳確定可行嗎？」

「總得嘗試看看。」

「好吧，不過小心為上。」戰龍很快就收拾好擔心的情緒，專注協助君兒。

君兒很快平靜了心情，闔上眼仔細感受自己身體裡的星力以及魔女之力，準備試圖召喚她的「星空領域」。

當君兒額心的蝶翼圖騰閃動幽幽光輝時，她背後的蝶羽也一同閃爍著淡淡光芒。

頃刻間，一片絢爛星空忽然出現在君兒的周圍。那神秘幽遠的奇異星空擴張開來，以一種緩慢的形式逐步將白焰包裹其中。白焰顫了一顫，火光頓時微弱了幾分，瞬間，君兒感覺到自己的星力正以極高的速度流逝。

戰龍和靈風見君兒的領域真的擁有壓制白焰的功能，登時一喜，隨後卻見君兒神情不對，趕緊將自己的星力供給她，試圖協助維持這片神秘的星空。

白焰被星空包圍以後，開始有了停止擴張的跡象。

人類一方皆是驚喜；巨龍見狀則不由得放聲大吼，想投身白焰以增加焰光。

「阻止那些巨龍！」

「快！這片星空領域似乎可以制止白焰，我們必須制止巨龍毀壞星空！」

人類強者自然也發現了星空領域的特殊性，自動自發的聯合起來抵擋巨龍。

只是君兒所能做的僅僅是壓制，沒辦法完全毀去這團白焰，而長時間維持領域非常耗損星力，君兒、戰龍和靈風三人邊吸收星力，邊苦撐這片領域。

「靠！如果爹在的話，以他的能力協助君兒一定很輕鬆。不曉得巫賢爺爺那裡有辦法了沒有？」

「你話少說兩句，專心點啦！」靈風對戰龍在這危急時刻還能分神感到無奈。

只是儘管白焰不再擴張，但熱度似乎越發灼熱起來。

君兒等人雖距離白焰有百丈之遠，卻開始漸漸感受到那迎面撲來的熱浪，甚至流下了汗水。

這時，忽然有一層天藍色的水流在他們身前形成一道薄膜，為君兒等人擋去了那炎熱的高溫——卻是另一位守護神，「海神波賽特」。

「海神波賽特」來到戰龍身邊解釋道：「龍，羅剎要我來協助你們維持這片星空領域。」

「等等，那防禦不就只剩泰坦那傢伙了？」戰龍劍眉深鎖，顯然不太放心。畢竟這一次巨龍幾乎全員出動，戰場上少一位守護神，也意味著會有更多人戰死……

「放心，泰坦已經與第二防線的守護隊伍會合了，就連第三防線的戰艦團隊也得到指示，前來支援牽制巨龍了。」

然而，感覺到自族兩位龍王身魂獻祭召喚出來的禁咒白焰被限制了發展，龍族做出了殘酷的決定——他們選擇了自爆！他們利用這樣狂暴的力量破壞人類的領域，殘軀化作一朵朵小小白焰，往巨大白焰所在竄了過去！

一時間，戰場陷入了一片混亂。也使得君兒的星空領域被更加炙熱的溫度由內往外消融！

而這時，遠方龍神與「凶神霸鬼」戰鬥的戰場上，一聲龍吼聲傳遍了整個星系！

君兒突然心口一疼，下意識的看往了戰天穹所在的方向。

那片位於遠方星空上的紅黑領域遽然崩潰，頓時讓看向聲音來源處的眾人為之一驚。這種不自然的空間崩潰，是空間主人受到重創，無能維持領域時才會發生的事情——這意味著，戰天穹受重傷了！

一頭龐大無比的紫黑色巨龍脫離了戰天穹的紅黑領域。儘管他的身軀傷痕滿布，卻是展開了破損的龍翼朝著白焰衝了過來！

紫黑巨龍發出長長的龍嘯聲，彷彿在指揮著龍族，此時，龍族紛紛引爆了自己的軀體燃燒身魂，獻祭白焰。得到無數龍魂之火的補充，白焰猛地擴張，讓君兒等人維持領域的情形變得異常艱難。

龍神眨眼間就逼近了白焰。他此時一身狼狽，原本燦亮的紫黑鱗片斑駁暗淡，胸膛被血海腐蝕出大洞，裡頭的器官殘破且萎縮，甚至還有一眼已然缺失，顯然在先前的戰鬥中遭到了重創。

君兒也感覺到了龍神體內蘊藏著的毀滅之力，不由得為之愕然。

龍神似乎也注意到了君兒，餘下的一只已然失去光彩的紫紅色龍瞳死死的盯著君兒，猙獰龍首露出一抹似是嘲諷、又像惡意般的笑容來。

「魔女……」龍神發出了嘶啞難聽的喊聲。此時的他意識早被毀滅之力控制，只是為了執行任務而戰。

「不好，君兒，快解除領域！龍神要撞上來了！」戰龍見龍神速度不停，反而加快了飛行速

度，便高聲提醒君兒，以免她因為領域遭到龍神衝撞破壞而受到反噬。

靈風和戰龍、波賽特果斷的停止供給君兒星力，試圖讓她快速解除領域。

只是龍神似乎沒打算給君兒解除領域的時間，在戰龍語畢的瞬間，龍神便帶著瘋狂的笑聲撞上了君兒的星空領域！

君兒張口咳出一口鮮血，人直接昏了過去。

龍神蠻橫的撞進了白焰之中。他張口發出痛苦的龍吼聲來，身軀在一瞬間被白焰點燃，最後就如同其他巨龍的下場一樣，連白骨都融進了白焰之中。

神靈的力量與靈魂果然異常滋補，白焰因為龍神的獻祭猛地擴大了無數倍。白焰的直徑開始瘋狂的擴張，到最後幾乎與新界奇蹟星的星體一樣大小。

燃燒的白焰為整個星系帶來難以承受的高溫，最接近白焰的戰龍等人就像是直接面對太陽一樣痛苦不堪，不得已只好退了出去。

他們遠遠看著那顆不停擴大的白焰火球，神色不由得染上了絕望。

「沒有誰能夠阻止龍族嗎……？」

哪怕是迎戰龍神，也好過迎戰這團火球啊！

Chapter 175

祈願之心，希望之力

一時間，新界星系裡幾顆較接近白焰的星體，因為整體氣溫上升而產生災難，小型的星體甚至因為高溫烘烤而崩裂開來，成了死亡星球。

巫賢神色凝重的看著白焰的數據，下達了指令：「羅剎，把神陣功率開到最大，將維持通往原界時空隧道的能源轉為供給神陣！提升北極和南極兩大極點的磁場效能，增強奇蹟星的磁力圈穩定主要星體以及衛星的運作。」

「父親大人，可是這樣一來，我們就得中斷和原界的聯繫了。重新建構新的時空隧道又要花上百年時間！」羅剎不可置信的再詢問了巫賢一次：「您確定要這麼做？」

巫賢神情嚴肅的肯定回道：「我們已經沒辦法顧及那麼多了；這樣如果新界發生了什麼意外，也不會波及到原界……畢竟，那裡可是人類的始源之地！即使要毀掉時空隧道，也不能讓原界被毀掉！」

從這句話可以聽得出來，巫賢的心還是惦記著那個他生存過的世界。

羅剎不再詢問，順著巫賢的指示截斷了維持新界時空大門的能源。

就在這一瞬間，新界上那本來虹光閃動，連接著原界與新界兩個世界的時空大門，忽然發出了嗡鳴聲響，門框內的時空隧道瞬間轉為一片漆黑，隨後徹底消失；而時空大門變成了一個單純普通的門框，隨後崩潰成了殘骸。

同一時間，原界那邊的時空隧道也發生了同樣的情況，令原界中人無不驚慌失措。

只是巫賢此時已經沒時間他顧，他現在要面對的是那猶如天災般的可怕白焰，這次若是沒能成功解決那團白焰，他這幾千年來做的努力將會全部灰飛煙滅。

「父親大人，根據數據，三十分鐘後白焰的質量將會達到最高，並且爆炸！我們得撐過那場爆炸，否則一切就將結束了。」羅剎報告自己計算後得來的訊息。

「混帳，全都亂了！該死的宇宙意識！」巫賢氣惱至極的皺起了眉。

這樣高質量的焰光球體一旦爆炸，後果可是不堪設想！那瞬間攀升到最高點的焰花，很有可能因為爆炸時產生的猛烈力道而直接鑿穿星體！

想到這，巫賢感到挫敗懊惱，因為他的女兒和妻子都還在戰場上，他怕她們兩人會因此受傷。而他了解自己的女兒，擁有抵禦白焰星空領域的君兒，絕對會站上第一防線協助其他守護神……這意味著她將會處在最危險的所在！

可是巫賢也明白，自己是無法讓君兒放棄任務的，所以他只能根據目前的戰況下達最適合的命令：「召回第二、三防線的所有戰力，並即刻退回奇蹟星。請第一防線的星域級強者護衛二、三防線戰力回歸，並聯手施展領域保護新界奇蹟星。」

他又補充道：「將白焰爆炸後可能的危險情況轉達給守護第一線的人知道，讓他們有個心理準備。三十分鐘後，白焰質量將會到達臨界點，要他們想盡各種辦法抵擋白焰爆炸後隨之而來的天火之災！」

另一方面，就在龍神投入白焰不久後，一道震怒的吼聲遠遠傳了過來，一抹紅影轉瞬即至，卻是戰天穹！只是此刻他渾身傷勢之重，甚至還能看見肌肉底下的森然白骨；他周身正繚繞著紅色星力，似乎正在治療自己。

他一個瞬間移動來到了君兒等人的身旁。在趕來之前，他已經解除了噬魂之力覺醒時，身軀會化作鐵灰色、臉有紅印的姿態。

他心疼萬分的看著因為領域遭到破壞而昏迷不醒的君兒。她嘴角溢血、臉色蒼白，正被靈風攬在懷裡利用符文之力治療。

「爹！」戰龍一見到渾身染血、狼狽模樣的戰天穹，頓時瞪大了眼，都忘了在外人面前不得稱呼戰天穹那個稱呼的規矩，緊張的模樣直讓一旁的守護神「海神波賽特」感到驚訝。

「抱歉，沒能攔下弗爾歐特。被毀滅之力操控的他沒了理智，讓我最後還是略輸一籌。小龍，我沒事。君兒怎樣了？」戰天穹隨手抹去嘴角血漬，關心起君兒的情況。

「君兒因為領域被龍神撞毀而昏過去了，雖然受了點暗傷，但不礙事，魔女之力保住了她。」靈風解釋道，順勢抬手對戰天穹施展了治療用途的符文技巧，加速他傷勢的復原。

這時，戰龍和「海神波賽特」不約而同接到了新一輪的指示，這讓他們皆是眉頭一皺。

戰龍語氣急促的轉達新的指示：「爹，羅剎說要全體退回新界奇蹟星，同時需要所有星域級以上的強者在第三防線的區域張開領域保護奇蹟星。三十分鐘後，白焰的質量將會達到最高並且爆炸，我們得撐過三十分鐘後的那場爆炸才行。」

「然後……」戰龍嚥了口唾沫，有些僵硬的將餘下的內容繼續說了出來：「白焰爆炸後會形成天火般放射四散的大型災難，每一朵焰火都有超過一萬度以上的高溫。要知道，連我們的恆星也僅僅才五千多度而已……若是讓爆炸後的天火撞擊上奇蹟星，那奇蹟星就會直接被熔出一個大洞的。就怕是爹你，恐怕也抵擋不住那樣的絕對高溫。」

邊說，戰龍邊忍不住掃了遠處的白焰火球一眼。

「知道了。」在聽完戰龍的講述以後，戰天穹的神情沒有太多的變化，依然沉穩，無形間穩定了在場眾人的心情。

「現在第一防線的所有人暫時聽我指揮，護衛第二、三防線戰友回歸奇蹟星。呈橫式戰列隊伍施展領域，盡可能為後方戰友抵擋白焰的高溫，我們一路退回第三防線做最後的防守準備。」

戰天穹自然而然的接下了指揮的角色，儘管渾身傷勢卻氣勢不減。

一個命令傳達了下去，所有星域級的強者自動自發的列隊開始施展領域，並且協助後方防線的戰友根據指揮部的命令開始撤退。

眾人張開領域，在戰天穹的帶領下護衛後方戰友退回奇蹟星。當撤退進行到一段落，他們這些滯留在第三防線的星域級強者這才稍作休整，準備迎接隨後的白焰大爆炸。

儘管戰天穹先前遭到龍神突來攻擊的重創而受傷，但在靈風和隨後加入的牧非煙以符文之力為他治療後，傷勢已然穩定。他為了替其他戰友爭取休息的時間，在憂心看了一眼被靈風抱在懷裡仍舊昏迷的君兒之後，立即又投入守護世界的重大任務中。他一個抬手，將自己的紅黑空間召喚出來抵擋在眾人面前，為大夥抵擋白焰的極度高溫。

不久後，君兒忽然嘔出了一口黑血，卻是終於吐出了體內淤積的瘀血，幽幽甦醒了過來。

「君兒，妳還好嗎？」牧非煙心疼的摟著君兒，在見她醒來以後才鬆了一口氣。「都怪我，沒能在妳身旁保護妳。」

「媽媽，我沒事。」君兒視線還有些模糊，卻是第一眼便注意到了站在自己身旁，用著溫柔眼神注視著自己的赤髮男性，讓君兒不由得有些激動。

但當君兒見到了戰天穹身上的創傷時，竟忍不住紅了鼻頭，離開了母親的懷抱，上前給了戰天穹一個擁抱，無語安慰著戰天穹的辛勞。

儘管對女兒一醒過來便離開自己的懷抱而有些傷心，但看著這一幕，牧非煙還是忍不住因為君兒和戰天穹彼此間那無聲瀰漫的情意而感慨不已。

一旁的兩位守護神，「盾神泰坦」以及「海神波賽特」則是瞪大了眼。就算是他們，也不敢在戰天穹受傷的時候隨意上前，畢竟戰天穹的血液可是帶著會使得人心腐朽、走火入魔的噬魂詛咒。但眼前的這位少女，卻毫不在意此事似的給予擁抱，令兩人震撼不已。

戰天穹語氣輕緩的對著君兒說道：「別太勉強自己了。」他看著君兒的眼神只有慎重，唯恐君兒逞強。

「我會的。」君兒揚起一抹笑，對其他關心自己的人展示自己的平安。

靈風看著清醒過來的君兒，語氣沉重的向她轉達羅剎先前的指示：「君兒，再過一段時間白焰就會爆炸，到時的能量爆發將會非常猛烈，現在的妳還撐得下去嗎？如果真的撐不住，我可以立即送妳回奇蹟星。」

他慎重嚴肅的看著君兒，說道：「這一次我是為了保護妳而回來，但我會尊重妳的意見。妳若要戰，身為妳的守護神騎，我自然會與妳並肩作戰；妳若要退，我便護衛妳回奇蹟星。」

就在靈風說完這句話以後，還未等君兒回應，他便從她堅定的眼神中得出了答案。

「靈風別擔心我，我感覺自己在魔女之力的協助下，現在的實力已經差不多就要達到星域級了……雖然是透過外力得來的短暫提升，但多一份力量總是好的。我要留下來戰鬥！」

君兒沒有講明自己真正的內心想法——因為戰天穹在這裡，她想要與愛人並肩作戰！

戰天穹一開始就猜到了這樣的結果，他回過頭來握了握君兒的掌心，同時離開了身處奇蹟星外圍星空、也就是飄浮在第三防線的眾人，直朝前方更遠的所在前去，將自己的紅黑空間往前推了一段距離。他可說是在場眾人中實力最強的存在，由他來擔當最前方的防線最適合不過。

隨後，君兒和其他人各自張開了自己的領域，將奇蹟星外的星空渲染得五顏六色。

就在此時，遠方的白焰開始有了變化！

原本白色的火焰，因為不斷攀升的溫度而逐漸開始變化了顏色，從白色、藍色、豔紫色……到最後變成了黑色的高溫火球！

火焰的熱度越發灼熱，但本來猛爆的焰花已然開始緩和下來。可是，儘管火球焰光穩定了，火焰中蘊藏的能源卻開始躁動凌亂了起來，彷彿隨時都會爆裂開來。

面對龍族這類的巨大生物，光是與之對峙，人類就能感覺自己的渺小；若當敵人是一顆如同恆星般的巨大火球呢？他們……真的能夠在這樣可怕的大型災難之下守護自己的家園嗎？

看著不安的情緒在所有人類心中蔓延，君兒心情不由得沉到谷底。

在開戰前，宇宙意識告訴她這是一場全世界共同面臨的考驗，顯然就是希望透過這樣十死無生的危機，讓全人類陷入一片絕望之中……但這場考驗過關的前提是，所有人類能夠一同超越絕望！要知道，人心是這個世界最難掌控的事物，讓所有人的心都同時超越絕望，那會是多麼艱困的一件事？這不禁令君兒有些慌亂。

（君兒，宇宙意識是不是向妳轉達了關於世界考驗的訊息？）

戰天穹嚴肅的話語自精神通道中傳了過來，直讓君兒一驚。

（嗯，但我不可以轉達考驗的內容。我只能試圖告訴別人永遠不要放棄希望，除此之外我真的不知道該怎麼辦才好了。）君兒語氣擔憂的回道。

（那就什麼都不要做。只要我們冷靜、穩定的面對，相信其他人也會因而受到影響的。）戰天穹鼓勵道。（至於其他的事情，我相信總會有人能辦到的。這個世界並不是單獨只有妳一位堅強的存在。人類在危機時刻，總是能夠爆發出意想不到的力量來。）

君兒因為戰天穹的發言而穩定了心情。

而當君兒不再皺著眉頭，神色坦然平靜的面對危機時，暗中關注她的牧非煙、戰龍和靈風都不由得感覺內心瞬間平靜了下來。

慌亂可以感染，平靜亦同。

只要一個人在慌亂中冷靜下來，那麼這份冷靜將會開始接二連三的傳遞出去。

＊＊＊

人類的戰艦隊伍趕緊返航，就在他們路經某個區域的時候，驚見了大片的龍族屍骸與戰艦殘骸飄浮在行星之外——那是先前闖過第三防線的龍族與趕來支援的星盜團戰艦遺骸。

不少其他區域的星盜們早就透過私人管道接到了訊息，不由得對那些戰死星空的星盜們表達敬意；但也有更多的團體組織絲毫不認為星盜的死亡是件大事，他們只盤算著戰事結束後自己能獲得多少利益、能替組織帶來多少聲望等等，卻完全不知道早在不久前，就有人將過往戰爭的內幕全然向民眾轉達而出，進而導致了民眾普遍對這些大型組織的觀感極差。

儘管事後地面指揮部接到了入侵龍族全滅的好消息，卻再也沒收到後續與擔當前鋒的星盜團消息，他只能遺憾的解除了星球上的危急緊報，決定事後無論結果如何，他都要私下好好悼念星盜一番。

也因為白焰的隨後出現，強烈的高溫與直接由「陣神滄瀾」下達的緊急撤退消息，讓地面指揮部不得不二次啟動了危急警報，讓許多在警報結束才剛剛回歸城市的居民只得再次慌張的趕回

NOVEL BY 凌舞水袖
ILLUST BY CHI77
魅惑(?)
超討厭
10月30日
紅色炸彈來襲!!
禍亂創世紀 第二部 01
Rebellion of Start-online II 01
蜜桃多多的
修羅花嫁
KIRA★
起點女生網　最逆天的網遊小說
「重生」，就是最大的外掛！
天然無口系大神　抖S屬性小惡魔
當前世冤家再度相聚，
是愛情禁止，還是戀愛洗牌？
回旋的人生，禍亂的可不僅僅只有遊戲吶！(ゝ∀･)⌒☆
典藏閣
華文聯合出版平台
www.book4u.com.tw
采舍國際
www.silkbook.com
不思議工作室
立即搜尋
版權所有© Copyright 2013

地下避難所裡。

人類的戰艦隊伍忙碌的降落在新界各處的宇宙機場上，但由於戰艦數量之多，有些排不到位置的戰艦只好尋覓無人的林地直接降落。儘管人類的戰艦隊伍能夠與龍族為戰，卻無能與白焰為敵，不由得讓操控戰艦的駕駛員與操作者感覺委屈無奈——可以的話他們也想戰鬥啊！

只是當白焰轉為黑焰，熱度甚至開始影響新界各處，面對這樣的宇宙災難，人們卻無能為力時，人心開始浮躁慌亂了起來。

「世界末日要來了！」

「我們人類難道註定滅亡於此嗎？」

「我們死定了！」

諸如此類的發言在人類世界傳遞，鬧得人心惶惶不安。

此時，地面指揮部意外接到了好消息——有其他星盜團在七區龍族入侵、三大星盜團與之交戰的區域，找到了殘存的三支星盜團戰艦隊伍！

儘管剩餘的戰艦隊伍殘破不堪，但當標示著三個星盜團團徽的戰艦在其他星盜團的護衛下降落奇蹟星的宇宙機場時，還是惹來不少人的關注與震驚。

地面指揮官洛桑接到三大星盜團還有存活者的消息以後，又聯想到人類群體在得知白焰危機時的恐慌狀態，忍不住想到可以藉此造勢——明知九死一生還是英勇應敵、在對比人類大型組織的脫逃與背棄的情況下，最後完成任務、凱旋歸來的英雄，這樣的角色無疑能帶給此時恐慌的群眾一份安定的力量！

「快，幫我聯繫那三個星盜團的發言人！我們現在需要他們的幫助！」

地面指揮官洛桑很快就聯繫上了其中一個星盜團的團長——黑帝斯星盜團的團長卡爾斯！

卡爾斯此時面色有些蒼白，當時自己的團隊與龍族戰鬥時，有不少手下為了護衛他的戰艦而成了宇宙中的一朵煙花，說他不痛心是騙人的；也因為戰事的猛烈與他在失去手下的激動情緒影響下，讓他身上的傷口再次裂開，此時軍裝上染著片片血跡，看起來觸目驚心。

「有事？是想關心我們怎麼沒全死光嗎？」卡爾斯邪氣一笑，對著地面指揮官出言調侃道。

「不，這一次我需要你們三個星盜團的協助。現在人類世界因為白焰的關係陷入一片恐慌，我先前和宇宙指揮官已經向行星全體居民公布你們的英勇應敵，如果你們能以『英雄』角色向人類全體發布激勵人心的發言，相信作用將會遠高於其他組織領導人的發言。現在守護神們全都專心一致的應對那詭異的白焰，唯一身處奇蹟星上的『陣神滄瀾』也沒辦法分神安穩人心，所以只能依靠你們了。」

地面指揮官神情懇切誠摯，甚至還站起身向卡爾斯鞠了一個九十度的彎身禮。「我很抱歉以往星盜的英勇事蹟全都被那些大型組織隱瞞下來，你們的功績與犧牲全都成了那些組織的戰利品。現在是該將事實揭露而出的時刻了，人類需要你們這些真正的英雄站出來說話——」

卡爾斯神情一冷，叱笑道：「就在我死了那麼多兄弟以後你才來跟我說這種話，你不會覺得很好笑嗎？在你之前，有多少代的指揮官一直都認為我們星盜該死，最好全都死在戰場上最好，這樣就可以掠奪我們的功績坐享清福；現在又要吹捧我們星盜，難道世人就能如你所願的在短時間內接受並認同我們的發言？！」

「我已經和宇宙指揮官談好了，也私下聯繫了不少和我們有相同想法的民間官員以及一些組織，我們願意盡全力為你們造勢！只求你們現在為人類再盡最後一份心力，拜託了！」

卡爾斯自嘲一笑，隨後忽然想到君兒在戰爭前的提醒，表情不由得變得嚴肅起來。

君兒刻意要他保持希望，是否是因為宇宙意識在這場戰爭裡隱藏了什麼他所不能理解的陰謀？如果他的發言能夠讓更多人懷抱希望，那麼，他願意盡一己之力盡可能的去協助更多人煥發希望之心。

「我知道了，等你們安排好再聯繫我吧。」卡爾斯端正了神情，答應了地面指揮官的請求。

在結束通話以後，卡爾斯愣愣的坐在艦長席位上，忍不住想起了那些犧牲的弟兄。他喃喃自

語道：「兄弟們，這一次，就讓老大為你們爭一口氣吧。」

地面指揮部很快又有了新的消息開始進行廣播。

在廣播裡，指揮官用著激動的情緒宣揚了先前龍族入侵情況的危急，以及三大星盜團的死命阻攔，讓人類世界得以脫離前次的危機，所幸先前他和不少人聯手向人民揭露過往戰爭的黑幕，讓人們知道原來在前幾次的戰爭之中，星盜們做出了那麼多的犧牲，但功績卻全都被其他組織團體瓜分的事實。

在這危機局勢下，黑帝斯等星盜團無私的犧牲格外亮眼，地面指揮官見機不可失，趕緊將卡爾斯推上台前，由他這位劫後餘生的「英雄」鼓舞世人。

儘管絕望蔓延，但當黑帝斯星盜團的標誌與卡爾斯一同出現在人們專注觀看的視訊頻道上時，人們看著他身上未曾打理的血跡以及渾身的煞氣，忍不住震撼了心靈。

就算許多人心裡無法承認星盜身為英雄的身分，卻默許了他們身為「戰士」的身分。

卡爾斯深吸一口氣，沉穩的講述道：「我是黑帝斯星盜團的團長，人稱『冥王星盜』的卡爾斯。這一次，我受人之託站到台前，我並不希望得到什麼，也不希罕你們這些人的認可或接受。」

「我是個星盜，我之所以行事純粹是為了我自己，並不是為了追求什麼功名成就；我的手下也是。他們之所以跟著我上戰場，有些甚至死在星空中，再也無法回家也不是為了流芳百世——他們僅僅是想要保護居住在奇蹟星上的親朋好友。」卡爾斯的話語中有著自豪與驕傲。

一時間，觀看視訊的人們全都靜了下來，靜靜的傾聽卡爾斯的發言。

「或許，你們認為我不過就是個該死的星盜，我們這些人渣應該統統戰死才對；但我個人認為，那些在社會上假藉各種名義造勢，將自己捧得多清高的組織才是真正的人渣……你們知道每一次的戰爭中，這些組織團體犧牲了多少人？又知道我們星盜會犧牲多少人嗎？」

卡爾斯臉上有著顯而易見的嘲弄，他絲毫不在乎自己的張狂發言會惹來部分團體的怒氣，反正身為星盜的他，成為通緝要犯已經有很長的一段時日，根本不在乎繼續過著被追殺的日子。但有些事，總是得給被掌管財富與權力、位於世界金字塔頂層之人愚弄的世人了解一番。

「我可以告訴你們一個殘酷的數字。我們星盜在每一次戰爭中都會死傷超過六成以上，甚至有不少星盜團因而和巨龍一塊葬送在星空中；可是那些團體組織的傷亡卻不到三成——或許有人會說我們星盜的戰艦不比那些團體組織。但我可以告訴你，會這樣想的純粹是因為你們愚蠢，我們星盜擁有的戰艦全然是為了生存而打造，捨去了許多不必要的功能，比起那些大型組織所擁有的裝載著各式娛樂功能、空有新式戰艦造型的戰艦比起來，我們的武力更為強大。」

「但我們依然是死傷最重的團體。為什麼？」

卡爾斯冷冷一笑，說道：「那是因為那些有權有勢的人都只是貪生怕死之輩，只有我們這些不怕死的星盜願意為了我們自己的家人犧牲生命──難道我們星盜就不是人嗎？我們之所以成為星盜，全然是因為社會與環境所逼！不然誰想要做這種顛沛流離、隨時都可能死去的職業！？」

「這一次我死了團中過半數的兄弟，他們是我相處百年以上，和我出生入死的好弟兄……這也意味著，有超過上百個家庭，妻子失去了丈夫、孩兒失去了父親、父母失去了親子……」

卡爾斯悲痛的表情讓許多人都為之心澀，儘管身分不同，但很多人卻同時想到了自己身處戰場上的家人……那些人之所以前往戰場，不也是為了保護家人所以選擇了挺身而出的嗎？

卡爾斯這一次沉默了很久，才深深嘆了一口氣。

「會說那麼多，無外乎只是想要告訴各位……連我們這些惡名昭彰的星盜都願意犧牲自己保護這個世界了，連我們這些殘忍至斯的星盜都沒有放棄希望了！你們這些身處安全地帶的人們憑什麼放棄希望？！一旦你們放棄希望，也等於放棄了身處戰場上為你而戰的家人！」

「我是個星盜，沒什麼文化，我最後只有一句話要說：只要希望猶存，絕望永不降臨；只要心存希望，奇蹟終將出現！永遠不要放棄希望，因為那是支持戰場上的戰士們繼續戰鬥下去的動力與信念來源！」

「只要在倒下時，想到還有人在等待著自己，人就能重新煥發力量再次站起；只要在絕望時，想到還有人繼續相信自己，人就能夠重拾信心！」

卡爾斯主動截斷了視訊。

在絕望之中，人類最需要的就是一份指引他們重新找回勇氣與希望的力量。

人們開始不再執著於恐懼，卡爾斯這位星盜的發言讓他們看見了「希望」。

「連星盜都可以為了保護世界而犧牲生命了，我們還怕什麼？！更何況我們的守護神還在前線作戰，我們要相信他們！」

「對啊，還有神陣在保護我們的世界！」

「我們什麼樣的困境和災難都遇過了，現在這不算什麼！」

「活下去——」

無數人的心中，充滿著更多的是渴望活下去的信念！

＊　＊　＊

就在人類集體內心開始重新燃起希望時，身處神陣核心的巫賢忽然若有所感，臉上綻放了笑

容。他神情激動的向羅剎交代道：「羅剎，接下來就交給你全權指揮監控了。我要施展巫族收集人類正面意念『願力』的法術，藉此逆轉這樣的危機！」

「願力」，簡單來說就是願望之力，是唯有當人心存正面信念時才存在的一種無形力量。就如同舊西元時期人類信仰宗教，在祈禱時產生的心念一樣。巫族擁有能夠與天抗爭的能力，自然也可以利用這種透過信仰或信念而產生的「願力」，施展一些極其特殊的法術。

巫賢打算以「願力」來更動新界整體的命運！

群聚眾人信念之心，饒是宇宙也無法抵擋這股集體意念。別忘了人類本身如果能憑己身意志挑戰命運，並且成功了的話，便能夠不用付出任何代價扭轉自己的命運，還能讓自己甚至更多人變得幸福——更別提這可是整個世界的人集體的祈願之心！

「人類的存在，其實本身就是奇蹟了吧？」巫賢邊收集人類的「願力」，邊感慨出聲。

羅剎也因為巫賢有了新動作而臉上洋溢著笑容，「父親大人，我認同這點。在我甦醒過來、與人類相處的五千年裡，我已經看過人類創造不少奇蹟了，那似乎是人類與生俱來的天賦。」

「人類就是這種總是在危機之時爆發強大力量的奇蹟存在。既然如此，就用這份力量讓我們一起創造屬於全世界的奇蹟吧！」

Chapter 176

焚滅萬物的絕望之焰

戰天穹注意到君兒的星空領域抵禦黑焰的能力十分卓越。心念一動，他頓時有了想法。

「各位請聽我說，既然君兒的領域擁有能夠抵禦白焰的能力，那與其大夥分散力量，還不如將力量集中在君兒身上。最前方由我的紅黑領域在前守護，君兒的星空領域在中間防禦，最後則是奇蹟星上的神陣為最後的防禦陣線。三層防禦，相信能夠抵銷絕大多數投射到奇蹟星上的熱能與隨後將至的危險。」

戰龍、靈風以及「海神波賽特」三人在先前就體會過君兒領域的威力，二話不說便解除領域，將自己的星力傳給了君兒；牧非煙也在第一時間選擇了幫助自己的女兒。

其餘幾位星域級的強者見幾位守護神中有兩位有了動作，也紛紛加入支援；唯獨隨後趕來支援的「盾神泰坦」以及少部分的強者還在猶豫。

「盾神泰坦」心中糾結的問道：「鬼大人，你忽然要我們支援一個小丫頭的領域協助抵擋光焰，不覺得這樣太突然了嗎？如果最後我們這層防禦出了什麼差錯，可是由最後的神陣，也就是羅剎大人來承擔的……我們的防禦由不得一絲錯誤，一旦走錯一步，便是絕望啊。」

由這段話中可以聽出來，「盾神泰坦」較為保守，不敢將保護世界的重責大任壓在君兒一人身上。但他這樣的猶豫確實也是頗為實際的考量，畢竟他並不熟悉君兒的力量，且若是將力量集中在君兒一人身上，如果君兒的領域崩潰，沒有人能夠立刻頂上。

「欸，泰坦你還是一樣廢話那麼多。不要像個娘們一樣囉哩叭唆的，聽我爹的話就是。」戰龍不由得翻了翻白眼，言談直接的說道。

「盾神泰坦」因為戰龍這樣大剌剌的發言感到有些無奈。

「好吧，既然霸鬼大人都這樣要求了，我幫忙就是了……」

隨著「盾神泰坦」做出回應，其餘還在猶豫的星域級強者也跟著加入了支援君兒的行列。

有了戰龍等人的星力支援，君兒深吸了一口氣後，將自己的星空領域完全展現了出來！

不同於宇宙星空的絢爛星海轉瞬出現，並且瘋狂的向外擴張，直將奇蹟星面對黑焰火球的那一面全都覆蓋其下。

戰天穹回首對君兒微微一笑後，便指揮著他自己的紅海黑天領域繼續向前，擋到了君兒星空領域正前方有一段距離的所在。

遠遠的，君兒可以看見戰天穹挺拔立於紅黑領域中的背影。在和平時期，他總是隱藏在人類不知曉的所在；而當真正大敵來臨時，他卻總是義無反顧的站在人類的最前方。

也許這場戰役結束以後，說不定人們就不會像過去那般的痛惡「凶神霸鬼」，反而會開始崇拜他堅強守護新界的背影也不一定。

看著眾人用著信賴表情看著戰天穹，君兒不由得感覺激動與驕傲。

那是她的愛人，無論他過去犯下多少過錯，但她永遠以他為榮！

就在此時，遠方那黑焰火球開始傳出猶如心臟跳動般的沉悶響聲。聲響之巨大，幾乎要蓋過星系中的其他聲音。

——黑焰火球即將到達最高質量！

所有人都嚴陣以待。

而在黑焰火球詭異的沉重心跳聲跳動五次後，一陣刺眼炫目的白光從黑焰火球的深處亮了起來。火球中心瀰漫出了絢爛美麗的高溫氣體，聚集成了紫紅色澤的詭麗星雲。

如果放到平時，這副景象絕對是足以媲美星辰淚火的絕世奇景，可此刻卻是黑焰火球爆炸前的死亡倒數計時。

當黑焰火球開始收縮時，那看似美麗無害的星雲也隨之爆散！

那暴動的星力不但沒辦法讓人類吸收，反而擾亂了他們體內本來穩定運作的星力！

此刻，連戰天穹都得要小心的穩定自身的星力，不受那異樣星雲的影響。其他等級低於他的人就更加不用說了。

當星雲擴散到君兒的領域之中時，君兒的星空領域有了瞬間混亂。而這極短時間的混亂，卻使得好幾波極高熱能掃向了後方的奇蹟星，在行星上閃動著的神陣符文上撞出了震盪光芒。

「不好，你們穩住！我來穩定你們的星力，等我一下。」

靈風見眾人因為專心一致供給君兒星力而沒能分神抵禦那詭異的星雲，便出聲提醒，同時收回自己的星力，以符文技巧在眾人周圍建構出一個能令人星力穩定的符文法陣。

但因為靈風星力的抽離，君兒的星空領域在剎那間縮小了不少，也造成了眾人背後的神陣不停傳來嗡鳴聲。所幸靈風在完成架構符文法陣的工作以後，即刻投入本來的工作，星空領域恢復到本來的規模。

＊＊＊

然而，在那幾波熱能侵襲之下，還是消耗了神陣不少星力。

羅剎神情嚴肅的看著周身光屏屏幕上的訊息。而那被他召喚來，始終沉默的協助他和巫賢統整資料的秘書雪薇，則是用著擔心的目光看著他。

「父親大人，我打算回歸神陣本體了。」羅剎終於下定決心，向巫賢提出請求。「有我這個神陣本靈的操控，能夠將神陣的功率發揮到最高，也能夠在這場危機之中順利保護奇蹟星。」

巫賢推了推眼鏡，看著羅剎，手中使用巫族法術收集人類集體願力的動作不停。他神情嚴厲

的詢問羅剎：「你下定決心了？要知道，若是你融進神陣，就表示你得和你的神陣本體同進退，一旦神陣本體受創，也會連帶創傷你的靈體……你是我意外製作而出的奇蹟產物，雖然以前我將你視作工具，但現在的你已然有了靈性，我沒辦法再用看待工具的角度跟你相處。」

猶豫了一會，巫賢才有些彆扭的承認道：「你就像我的另一個孩子一樣，我不希望你的本源符文圖騰損傷；而且這次局勢艱難，你很有可能——」他深吸了一口氣，不想將那絕望的結局說出口，只是用著不認同的眼神看著羅剎。

一旦神陣本源符文圖騰破損，那麼對羅剎這個從完美神陣中誕生的本靈，將會是一大災難。羅剎畢竟不是自然產物，他若是受損，想要復原將會是一段艱難且漫長的工作，甚至很有可能他將就此毀壞……

巫賢嘆道：「總之，你再考慮一下。雖然現在神陣沒有你這個本靈，但是並不妨礙我操控神陣。」

雪薇也同樣認同巫賢的話，畢竟羅剎若是受了傷甚至是毀壞崩潰，對這個世界而言，可是一大損失。

因為巫賢這樣一句話，羅剎笑了，燦爛又滿足的笑了。

明瞭了情感，羅剎更能明白「保護」一詞的意義。這個神聖的字詞，讓他這個單純的人造靈魂重新擁有生存的目標與努力的方向。本來空洞的生命，因為有了想要保護的對象而充滿力量。

能為了自己所愛的一切而戰，是一件很幸福的事情。

「這裡是父親大人最重要的星神世界，而我之所以誕生，就是為了協助父親大人。現在不是矯情的時候。父親大人，就請讓我回歸神陣，讓我們一起為保護這個世界而戰吧。」

羅剎有些感慨的開口：「五千年前我在霸鬼的提議下創辦了滄瀾學院，遇見了很多人，看遍了人世間的悲歡離合、喜怒哀樂，並且從中學習到了不少『人性』的知識……過去的我不懂什麼是喜歡、什麼是愛；但我想，現在我的心情一定無限接近人類那種能夠讓弱者擁有強大信念，讓強者能夠更加堅強的『愛』一詞了吧。」

「父親大人，我喜歡這裡，我喜歡這個有你們在的世界。我既然是為保護而生，那就請讓我將『保護』一詞貫徹始終吧。我已經做好心理準備了，而且永不後悔！請讓我為我愛的這個世界盡一份心力吧。」羅剎微微一笑，神情卻是堅決。

巫賢和羅剎沉默對望了許久。良久後，巫賢才長長一嘆，神色滄桑。

「去吧。」語畢，巫賢挪開了視線，轉頭看向了他眼前飄浮的願力光球。

羅剎隨後走進了神陣核心。

一旁的雪薇，則是沉默的紅了眼眶。

當羅剎走進神陣以後，便闔上眼，任由用符文擬態出來的身軀消散，重新回歸了最本源的形態——一枚天藍色的奇異圖騰。

天藍圖騰最後融入了神陣核心。剎那間，無數天藍色的符文序列從神陣核心中飛竄而出，為整個神陣核心所在的大廳染上了天藍色，就如羅剎髮絲的顏色一般。

就在羅剎回歸神陣的一瞬間，從滄瀾學院中心的神陣巨塔頂端，一道清澈的天藍光柱升起，直達星體外圍的金色符文防禦法陣，並且重新在符文法陣中架構出了另一種純由天藍符文組合而成的複雜法陣。

金色與藍色的符文交錯，令世界各處本來受到黑焰影響而極端不穩定的氣候遽然平定下來。

片刻後，羅剎的聲音從神陣核心大廳傳了出來，帶上了幾分縹緲空靈。

『神陣本靈融合完畢，開始強制架構超大型精神通道——目標對象：巫賢、雪薇、戰天穹、淚君兒、牧非煙、戰龍……』羅剎唸出了所有前線之人的名字。『建立超大型精神通道！』

羅剎利用自己融進神陣以後，能夠串聯多數人精神力的能力，將前線所有人的精神全都連結在一塊，好方便溝通局勢與下達命令。

就在羅剎話語方落的瞬間，所有被他點名的人都忽然一陣機靈，發現自己可以透過精神力感應到四周戰友的位置與狀態。

「盾神泰坦」有些訝異的說道：「這是……精神通道？」

本來精神通道要建立必須雙方同意，才能夠將精神力存到對方的精神空間裡，但羅剎憑著神陣本身的特性，以及對點名之人的了解與其潛意識親近之感，硬是強制建立了將所有人的精神都連結在一塊、方便溝通的超大型精神通道。

（我是羅剎，聽得到我的聲音嗎？請原諒我擅自使用神陣的能力將大家的精神力連結在一起，但為了方便指揮以及溝通局勢，這是唯一能夠讓我們資料同步的方法。）羅剎第一句便是張口解釋。

（現在黑焰火球的情況如何？）戰天穹立即詢問羅剎現況。

眾人沉默的傾聽在腦海中響起的聲音。

羅剎轉達了目前的局勢：（在十五分鐘後，黑焰火球將會到達臨界值，請務必小心。我會隨時提醒。）

『父親大人，我的本體能源殘存百分之七十二，恐怕沒辦法完全保護住奇蹟星與附近星體。』羅剎的語氣帶上了幾分凝重，『建議捨棄部分星體，縮小防禦神陣的保護範圍。』

巫賢邊收集世人的願力，邊聽羅剎的報告。他頓時眉角一抽，決然的做出了一個重大決定。

「羅剎，捨棄較大顆的月亮衛星，用殘存的力量保護奇蹟星本體、恆星以及另一顆體積較小

的月亮衛星！」

他沒有使用精神通道說出這段話，原因是不希望這樣的捨棄動搖前線眾人的內心。在這危急時分，守護前線的人們內心若是絲毫有所動搖，很有可能會因此令情況陷入危機之中。

由於新界體積龐大，光是一顆月亮無法穩定星體的運行與提供夜晚的照明。巫賢在當時將新界融入自己的星神世界時，為了讓世界得以使人類生存，便更動命運透過巫族法術額外牽引來了另一顆月亮，用以穩定奇蹟星日月的照明。

雪薇在一旁協助計算，如果捨棄一顆月亮衛星以後，保護剩餘星體時神陣可能的能量消耗。

「羅剎大人、巫賢大人，經計算後，如無意外情況發生，神陣將會留有百分之十到十五的能量；但有其他數據顯示，這場爆炸結束以後，可能會有超過一半的機率會產生無法預知的意外事件，神陣餘下的能源將無法應對後續的未知事件！」

羅剎深吸了口氣，果斷的做出決定：『不用了，捨棄一顆月亮衛星吧。我們得先撐過這一關，之後的事情之後再來想辦法。』

雖然知道捨棄一顆月亮將會為新界帶來什麼樣的變化，但羅剎還是根據巫賢的指示，指揮著神陣本體閃爍在奇蹟星上頭的符文法陣，將其中一處圍繞在較大顆月亮衛星上的符文法陣收了回來。就在符文法陣消失的瞬間，那顆月亮衛星瞬間陷入了一片火海之中。

新界高空出現了月亮開始燃燒的奇景。

往後，人們將這一次災難出現的月亮燒灼之景，稱之為「燃月之災」；而那幾乎要將整個世界毀去的黑焰火球，則被稱作「絕望之焰」。

巫賢大汗淋漓，手邊施展巫族法術的動作不停，他眼前的願力光球也正在緩慢增大。然而，當時間一點一滴流逝，願力光球累積的願力卻始終沒有達到巫賢預定的標準。這是他第一次試圖收集人類集體的「願力」，壓力之大連他都始料未及。他這才明白，巫族先祖留給他的智慧有多麼偉大。

只是……時間，他需要時間！

（一分鐘後，黑焰火球到達質量臨界點。）羅剎的提醒聲響起。

巫賢不由得繃緊了神經，不停的加快收集世人願力的速度；戰天穹則是目光死死的盯著黑焰火球，準備迎接即將到來的爆炸；君兒等人雖然情緒緊張，但更加奮力的釋放星力，讓君兒的星空領域越加凝實。

眼前的黑焰火球噴發星雲的情形更加激烈了起來，並夾帶著猛爆凌亂的星力四射。而那瀰漫擴散的星雲開始濃郁起來，漸漸遮蔽了人的視線。

羅剎的聲音不由得帶上了幾分顫抖，他開始倒數計時。

（五、四、三、二、一！）

轟然一聲巨響，黑焰火球還未完全炸裂開來，震撼宇宙的爆裂巨響便先一步傳遍整個星系。

隨後，星雲像是遭到了強力聲波的衝擊而飛散，重新還給了宇宙一片清晰的視野。

接著，黑焰火球亮起了一陣刺眼炫目的紫紅色光輝，瞬間照亮深邃的宇宙星空，那足以焚滅萬物的黑炎之焰，就這樣爆發而出！

Chapter 177

當黑焰終滅

當巨響響徹宇宙時，新界上的人們自動自發的有了行動——

「所有人張開領域，務必要保護整座大城！」

「快，有空閒的人幫忙灌注力量到神陣裡去，我們也要盡一份心力！」

「普通人快點進避難所！讓老弱婦孺先行！」

在這最危機的一刻，人人對需要幫助的陌生人伸出援手。

在這一刻，沒有誰是誰的敵人，大家只記得——彼此都是同在一個星球上的家人。

偶有自私自利之人存在，但人內心的善念永不抹滅。

焰球炸裂以後，化為鋪天蓋地的流星火雨。而身處防禦線最前方的戰天穹，自然遭受到了黑焰流火最集中猛烈的襲擊。

看著紅海黑天不時虛幻潰散卻又轉瞬穩定，後方的人內心顫慄不已。

（鬼大人，您還撐得住嗎？）「盾神泰坦」緊張的使用精神通道詢問出聲。

（不用擔心！我爹可是這個世界最強的男人！）戰龍高聲回道，語氣滿是對自己養父的信賴與自豪。

聽著戰龍在精神通道裡的發言，儘管戰天穹不能分神回應，卻是彎起了嘴角。

隨著時間推延，炸裂而出的黑焰雖然數量變少了，但體積與質量卻遠高於先前，使戰天穹在操控領域抵擋黑焰時變得艱困了起來。由於背對著眾人，沒有人見到他此刻嘴邊掛著的一行鮮血，神情因為強撐著領域而有些猙獰。

「可惡，這黑焰除了溫度極高以外，沒想到竟然還夾帶著龍族的怨念……若不是我因噬魂而變異的領域擁有吞噬負面能量的功能，恐怕這些負面情緒會對後方的君兒他們造成嚴重影響吧……」

只是，儘管戰天穹有抵禦負面情緒的一定能力，但隨著怨念累積一多，還是不由得使他心情浮躁起來。就在他某次抵擋住一團質量整整是先前三倍大小的流火時，其中蘊藏的強烈怨恨讓他有了片刻閃神。

也就是這麼一瞬的失神，那團流火在受到戰天穹的領域阻攔停頓了一會之後，卻掙脫而出向後方的星空領域撞了上去！

「糟糕！」

（各位小心，有黑焰穿過我的領域朝你們過去了！）戰天穹趕緊透過精神通道聯繫後方支持星空領域的眾人。

儘管被戰天穹的領域抵銷了部分威能，但那團比先前整整大出三倍的黑焰還是讓君兒等人有些吃不消。黑焰彷彿一顆落入靜湖水面的水滴，猛烈衝擊的力道竟然在星空領域上頭震盪出波紋

來。

「大家撐下去！」戰龍語出提醒，神情無比慎重。

要知道，他們的背後雖是神陣，但神陣肩負著保護奇蹟星的重責大任，可以的話盡量要在他們前兩道防線之中將黑焰擋下，避免神陣的能量消耗。

黑焰最後無以為繼的消散了，但眾人卻因為強撐著領域而面色漲紅，顯然並不好受。有一位星域級強者後繼無力的中斷了星力供給，退到一旁直喘氣。他看著在最前方抵禦黑焰的紅黑領域，再看了看君兒的星空領域，表情有些凝重。

「若非霸鬼大人的領域在前方為我們抵免了一部分黑焰的威力，而魔女的領域也擁有同樣的功能，單以我們的領域，恐怕沒辦法支撐多久……」他喘息著，對戰天穹的先知先覺心有崇拜。

巫賢的聲音透過精神通道傳了過來：（在這場戰爭裡頭，魔女與惡鬼將會是影響這場戰局的主要因素。大家盡可能協助他們兩人。）

（明白！）眾人齊聲回道。

戰天穹見君兒等人順利擋下那朵他沒能擋下的黑焰以後，才微微鬆了一口氣。只是這樣一直被動防禦不是辦法，眼前的焰火激射不知道會持續到何時，有沒有什麼辦法能夠加速這場焰火爆炸的方式？

戰天穹皺著眉思考著。

「……既然噬魂以及魔陣本身擁有吞噬血肉靈魂的力量，而他和我融合之後，我也帶上了同樣的能力，那麼我是否能夠利用噬魂的吞噬性質，將這些焰火吞噬成自己的力量？」

當這個想法浮現心中，戰天穹便嘗試性的操控著領域，反守為攻，直接高掀血浪試圖將一朵體積較小的黑焰拖入血海深處後，卻是異變突生！

黑焰在被拖入血海深處時，竟扭曲變換成了一頭巨龍的虛影。然而，那似乎是極微弱的巨龍靈魂意念，在沒入戰天穹那連靈魂都能夠腐蝕的血海以後，掙扎了一會便消融殆盡，連帶黑焰蘊藏的澎湃能量也一同融進了血海之中。

「什麼？這是……龍魂！」

這時戰天穹才知道，為何每一朵黑焰之中都夾帶著龍族強烈的怨恨之情——因為那些從爆炸中心飛射而出的黑焰，根本就是一頭頭巨龍的靈魂！只是他們的意識似乎已經在獻祭之時就毀去了，只剩下殘破意念附著在黑焰上頭，成了這場爆炸中攻擊新界各處的主要武器。

但既然是靈魂，他就有辦法吞噬！

戰天穹確認了此事可行以後，開始有了動作。

眾人忽然注意到，前方的紅黑領域有了變化。原本的紅黑領域只是高掀血浪抵擋黑焰，任憑黑焰撞穿一道又一道的血浪，藉此抵銷黑焰的威力；此時血浪卻是反其道而行，猛烈的浪濤將闖入領域的黑焰，強勢拖入那片血色瀰漫的海洋之中。

當紅黑領域抵擋下了更多黑焰，連帶也減少了星空領域遭受的壓力。

面對這樣突然變得輕鬆的情況，眾人不由得為之一愣。

（你們保留力量以防萬一。這裡我來應付。）戰天穹語氣平靜的說道，卻沒有多加解釋。

君兒在聽見戰天穹的這句話以後，像是想到了什麼，不由得面露愕然。她前生今世都與噬魂關係匪淺，自然聯想到噬魂那能夠吞噬靈魂血肉的特殊能力。

「怎麼回事？」靈風看著君兒臉上那副似乎猜到什麼而有些驚訝的表情，忍不住好奇詢問。

「我想，可能跟噬魂本身的性質有點關聯吧。天穹也許發現了那些黑焰可以吞噬，所以他打算使用噬魂的能力來應付那些黑焰。我知道噬魂可以吞噬血肉靈魂，但沒想到這樣的吞噬能力還能用在這種地方，除非……那些黑焰並不是單純的火焰，而是龍族靈魂的火焰。」君兒說出自己的猜測。

「反正不管怎麼回事，我們現在就盡可能的保留實力吧。我爹會這樣要求，一定有他的道理。」戰龍絲毫不去猜測理由，果斷的選擇了相信戰天穹。

＊＊＊

另一方面，始終慎重的關注前線局勢的巫賢，自然沒有遺漏戰天穹吞噬黑焰的舉止，那令他瞠目結舌的說不出話來。

『父親大人，顯然您也沒想到當初在賦予噬魂力量時，一個無意設置的「吞噬」能力，到最後竟然連那黑焰都能夠吞噬……這都是我們始料未及的意外之喜。』羅剎的語氣激動，僅因戰天穹這樣的舉止不僅為君兒等人省下了力量，也讓他無須虛耗力量面對黑焰。這樣一來，當這場黑焰之災過去以後，若是還有什麼樣的異常事件，他依舊可以啟動神陣保護世界。

巫賢暢快一笑，神情滿是驚喜。

「當初我只是一時興起，讓噬魂擁有了巫族法術中的一個禁忌法術的特性，卻沒想到當他回歸靈魂本體以後，他的靈魂本體竟然能將那份力量發揮到這種程度。不過，這多少也是因為打造魔陣噬魂材料的特殊性，才能讓噬魂得以承受那樣的禁忌法術。」他推了推自己的鏡框，眼神染上了幾分深沉。

「每次我刻意安排好的布局都會被宇宙打亂，反而是我的隨手之舉，往往都為我帶來不少意外之喜……或許這就是刻意與不刻意的差別吧。宇宙意識可能一直在監控著我的思維，所以才會不停破壞我的安排。」

對巫賢而言，戰天穹本身就是一個「意外」。

要知道，噬魂要找到靈魂本體的機率超低的，卻沒想到這麼巧的，竟然在新界上意外與他的靈魂本體戰天穹相逢。

不得不說，這完全是巫賢預料之外的情況。他本來只是計畫將魔陣噬魂安置在新界上，必要時透過吞噬靈魂血肉的方式來累積力量，好協助自己迎戰宇宙意識的來犯。戰天穹的意外出現且與噬魂順利融合，讓自己這一方多了一份強大的戰力。戰天穹也同時影響了君兒，協助君兒成長得更加耀眼堅強。

昔日儘管他刻意為之的尋來了噬魂這個靈魂碎片，但其實並不懷抱噬魂得以遇見靈魂本體的期許，沒想到……

「奇蹟總是在不經意的時候發生。」

巫賢揚起一抹笑，隨後繼續投入手邊的工作。他看著眼前直徑擴大到將近一百公分的願力光球，眼裡只有滿滿的欣喜和激動——還差一點點，他就可以透過集體願力施展更動世界命運的法術了！

＊＊＊

就在戰天穹大肆吞噬黑焰時，宇宙意識的聲音再次出現了！

這一次祂的語氣之冰冷。

『你以為這樣就結束了嗎？』

戰天穹瞬間凝重了神情。

就在宇宙意識話語方落沒多久，無數聲高低起伏的龍吟在黑焰爆裂開來的核心處響了起來！

餘下的黑焰遽然加快了飛散的速度，甚至還隱隱呈現出龍族的靈魂虛影。

當黑焰化形龍影，戰天穹驚愕的發現自己竟然無法吞噬黑焰了！

（我沒辦法再吞噬黑焰了，大家小心！）戰天穹語出提醒。所幸他先前吞噬黑焰恢復了不少力量，就連身上傷口也都好了大半。

眾人群聚一心，想盡辦法要抵擋比先前猛烈數倍的黑焰。

當兩頭龍王化身的黑焰，以奔雷之速前後撞穿了兩大領域，直接撞上了奇蹟星上的神陣防禦領域時，沉悶的重擊響聲伴隨著猛烈的能量爆炸聲自神陣上傳了出來！

神陣本來耀眼的符文瞬間暗淡，顯然羅剎為了抵禦那狂猛的攻擊而耗損了不少神陣能量。

當龍王殘魂被解決以後，君兒等人卻幾乎耗盡了星力，星空領域也變得虛幻，彷彿下一秒就會崩潰；而戰天穹的紅黑領域更是殘破不堪。

可戰天穹知道這並不是結束。

如果所有的龍魂都將化作黑焰，那麼……龍神弗爾歐特的殘魂，相信會是這場災難的最後危機。

而當龍神的靈魂虛影伴隨著黑焰出現之時，所有人都屏住了呼吸。僅因當那團完全吞噬光輝的黑焰出現的剎那，一種難言的壓力轉瞬出現，沉沉的壓在每一個人的心上，讓他們明白，龍神黑焰將不會像前面那些黑焰那麼好解決了。

化作黑焰一部分的龍神眼瞳忽然閃過了一絲清明。

『呵、呵呵——』

他竟是張口笑出聲來！

『宇宙意識，祢沒想到就算我只剩下殘魂，也能夠掙脫祢的控制吧？』

龍神瘋狂的笑著，隨後卻是盯上了戰天穹，眼神閃動著光輝。

『我乃龍族至高無上的神靈弗爾歐特！就算死，我也要自己選擇死亡的方式！吼——』

龍神弗爾歐特一個仰天大吼，渾身黑焰滾滾，一個展翼直接朝戰天穹衝了過去！

『來吧，凶神霸鬼！用上你剩餘的所有力量，我允許你毀滅我的靈魂，讓我從宇宙的奴役中解脫吧！』

戰天穹神情複雜的看著化作黑焰的龍神，然後一嘆，神情隨後堅定。

「我明白了。」他沒有忽略龍神眼中的堅強死意。

龍神明明可以選擇帶著黑焰之力蠻橫毀壞他和君兒的領域，直闖奇蹟星，但他卻沒有這麼做。正如龍神所說的，他就算死，也要驕傲的自己選擇死亡方式，而不是受制於宇宙的指示煙滅自己的靈魂。

他是一名戰士！

死，也要死在戰場上，而不是那樣屈辱的死去！

戰天穹將自己剩餘的星力全都調動了起來，收回領域，操控著血海凝聚成了一柄龐大無比的惡鬼戰斧，直接迎上了渾身破綻、直朝他衝刺而來的龍神黑焰。

當龍神與戰天穹彼此的力量互相碰撞的瞬間，星空中震盪起了猛烈的能量震波。

龍神化作的黑焰被戰天穹的惡鬼戰斧洞穿！

戰天穹則在全力一擊擊中龍神以後便立即遠退，以免身軀被黑焰燃燒成死肉。但光是短暫接觸，就幾乎耗盡戰天穹的星力，讓他神情瞬間萎靡。

『小心……還沒結……束……』

龍神輕輕一嘆，留下了一句警告，隨後便化身成了黑焰。

戰天穹可以感覺到龍神的殘魂已然湮滅，他神情複雜的看著那朵黑焰。

想起龍神最後的警言，戰天穹沒有感嘆，便瘋狂飛退來到了君兒等人的身邊。

（大家快點離……）

戰天穹想透過精神通道警告眾人趕緊遠離此地，然而話還沒說完，失去龍神殘魂的黑焰再次有了變化！

黑焰逐漸縮小，剩下一個極微小的黑暗圓球。然而，似乎有什麼碎裂的聲音從圓球中傳了出來……

這時，始終監控著前線的巫賢猛地注意到了黑焰的數據，黑焰的能量的確正在下跌，但卻出現了另一個預料之外的指數——空間竟然開始隨著黑焰的縮小而開始崩塌！

銳。

（不好，所有人快撤回神陣！）巫賢驚愕萬分的下達了指示，語氣因為焦急而急促的有些尖

但當眾人就要退回神陣時，卻感覺到了一股強大的拉力絆住了自己回歸神陣的行動。

「羅剎，就算耗盡神陣之力也要把他們帶回來！」

巫賢同時召出了自己的「命運咒書」，利用巫族術法配合羅剎的神陣之力，想要將被無形拉力扯得動彈不得的君兒等人強制牽引回神陣裡。

當黑焰終滅，就在眾人以為終於度過危機時，卻又轉瞬落入新的危機之中。

「那是什麼？！」「盾神泰坦」目瞪口呆的看著黑焰的所在之處，驚駭道。

眾人回首，只見一個黑不見底的圓形開口，突兀的出現在星星滿布的星空之中。

（快點回來！那是黑洞！）巫賢的叫喊迴盪在眾人共通的精神通道之中。

「黑洞」一詞頓時讓所有人的臉色瞬間浮現驚駭。

然而，這時戰天穹卻又再次聽見了宇宙意識的聲音——

Chapter 178

微弱的希望之光

戰天穹神色鐵青的注視著前方的陌生星空，黑焰不在。

他竟然在最危險的時候，意識被宇宙意識拉進了那處他在宇宙考驗時被捲入的異樣星空之中！不知道現在情況如何？君兒他們回去神陣了嗎？

宇宙意識的冰冷聲音如是說道：『你一個人的死亡，就能換取整個世界與那些罪人的解脫。這是我第二次給你機會，不會再有第三次。』

戰天穹並不了解為何宇宙意識特別執著於他，或許祂也這樣對君兒或巫賢他們說過？

然而，像是聽見他內心的困惑，宇宙意識回答了他：『我只有給你這個機會。』

「……為什麼？」戰天穹只覺得莫名其妙。

『你很強也很有潛力。只要你答應這個條件，我就永遠放過這個世界與你心愛的魔女。』

「……」戰天穹目光閃動，他總覺得宇宙意識另有圖謀。龍神最後的警告言猶在耳，讓他不經意的想起了龍族的遭遇。

「祢想要讓我成為新的宇宙仲裁者？」戰天穹的語氣極冷。

『你將會是最強的宇宙仲裁者。』

「我沒興趣！祢要就毀滅這個世界和我們所有人，不然就是我們所有人集體超越命運、自祢的掌控中脫離！休想我臣服祢！」

想到龍神最後的悲壯一死，戰天穹心中只有氣憤。

那樣強悍的存在，竟然因為被控制而選擇了那樣悲哀的死法，這要他如何認同？宇宙意識竟然想要他成為代替龍族執行仲裁任務的角色！

宇宙意識再一次因為戰天穹的拒絕憤怒了。

就在戰天穹語出拒絕的剎那，黑洞的引力忽然加劇了數倍！

『時間不多，我希望你在僅存的時間內考慮清楚。』

戰天穹正想破口大罵，然而那沉重的黑洞引力令他只能將咒罵壓回心底，全心全意抵擋那強大的力量。

然而，他卻發現——自己竟然無法從引力的拉扯中脫離！

＊＊＊

「空間塌陷竟然發生在這麼近的距離……」

巫賢神情凝重的看著光屏屏幕上不停更新的數據。

空間崩塌產生黑洞以後，黑洞便會將周遭一切，包含光、星體、時間與空間，全部吸進其

中。儘管有學說提到過，黑洞另一頭可能存在著另一個世界，但那僅僅只是一個學說，從未被證實過，巫賢不敢隨意去賭那樣的可能性。

而這個黑洞既然是來自於龍族的龍語禁咒，以他們被宇宙賦予的職責，施展出來的禁咒必定是能夠完全摧毀整個世界的法術。

直到此時，巫賢才深刻的感覺到了絕望。

他擁有改變命運的能力、他擁有巫族最強悍的法術傳承、他擁有星神級的實力，腳下這顆行星還是他星神世界的主要核心……然而這樣的他，沒辦法阻止這凌駕於所有一切之上的自然災難發生。

人的力量，在這場災難之中顯得意外渺小。

『父親大人，我沒辦法分出力量來接引君兒他們！黑洞的吸引力已經開始影響星體了，奇蹟星正開始被拉往黑洞的方向！我的能量不多，只能勉強維持奇蹟星以及日月雙星的穩定，而且黑洞似乎沒有收縮的跡象，再這樣下去，遲早整個星系都會被黑洞吞噬殆盡的！』

羅剎焦急的喊聲迴盪，神陣核心大廳內部交錯的符文，因為大量的能量消耗而開始有部分消失暗淡。

巫賢因為羅剎的發言而眼角一抽，他有些遺憾的看了眼前還不到自己理想標準的願力光球一眼，果決的中斷了利用巫族術法凝聚世人願力的舉止，帶著願力光球逕自走進神陣核心，決定要以此施展更動命運的法術。

當巫賢捧高身前的願力光球，詠唱起古老且幽遠的咒語後，令一旁焦急觀看的雪薇不禁在心中升起一種異樣的崇敬感受。

巫賢的意識隨著咒語進入了一片充斥著無數星點的無境星空之中，而那團願力光球無聲爆裂後，全朝著某個渺小的光點集中了過去，巫賢立即明白，那將是集體人類的願力指引而來的最完美未來！

巫賢手勢幾番變換，同時唸出法術最後的結尾——

「祈願之力指引希望，照亮奇蹟未來之路。以巫之名，逆轉命運！定！」

當最後一個「定」字出口，一股無形的力量穩定了星體，令奇蹟星與日月雙星不再受到引力的拖拉！

『星體全部穩定下來了！』羅剎立即回報好消息。

只是巫賢卻突然噴了一口血，神情轉瞬萎靡。顯然施展這樣更動命運的術法，還是耗損許多力量。

他眼神有著激動，隨手抹去了嘴邊的鮮紅。儘管願力不足，導致他必須耗損自己的生命力作

為填補，但整體結果實在是令人無比滿意。

「得將君兒他們接回來才行。」巫賢神色一肅。

他知道，雖然這是利用人類的集體願力進行命運更動，但依舊還是會引來宇宙意識關注。他得趕緊將最前線的眾人帶回神陣裡才行，此時整個奇蹟星與日月雙星已然受到願力的影響穩定了下來，唯有在神陣之中他們才能抵禦黑洞的引力，直到黑洞自然消失。

至於黑洞何時或如何才能消失，巫賢此時一心牽掛著妻女，打算等接回她們以後再行考慮。

巫賢深吸一口氣，身上忽然浮現無數符文枷鎖，開始朝神陣核心蔓延開來。

『父親大人，請不要這麼做！』

羅剎一聲驚呼，然而他卻制止不了巫賢的行動。他雖是神陣本靈，但巫賢可是神陣的製作者，擁有最高的操作權限——所以他阻止不了巫賢利用符文強制將自己的力量傳入神陣的舉止。

羅剎沒有忽略施展巫族術法的巫賢生命力下降許多，若他還將自己剩餘的力量注入神陣，很有可能會傷及靈魂本源！

巫賢不理會羅剎，只是交代道：「羅剎，拜託你了。一定要把你媽媽和妹妹帶回來。」

他的語氣帶上了一絲隱晦的請求，很難想像巫賢那樣驕傲的存在竟然會向誰提出請求，這令羅剎沉默了。

若不是因為君兒等人附近的空間已經開始扭曲，任意使用空間瞬移怕會因此引發更加猛烈的空間變化，所以巫賢只能用這種笨方法，將自己的力量注入神陣，讓羅剎透過擴張神陣領域，縮短離君兒等人回歸神陣的距離，讓他們得以儘速回到神陣之中。

『……我知道了，「爸爸」。』這是羅剎第一次稱呼巫賢為「爸爸」而不是「父親大人」。他的語氣帶上了幾分激動與高興，『我一定會把「媽媽」和「妹妹」帶回來的！』

面對巫賢這樣的要求，羅剎暗中做了個決定。他的能量已經將近枯竭了，他必須將剩餘的能量留下來用作穩定星體，巫賢給予太多力量也會傷到己身，奈何羅剎沒辦法阻止巫賢給予力量的行動，但他可以制止巫賢繼續傳遞能量的舉止。

羅剎的舉動令巫賢為之一愣。

『爸爸，謝謝您把我創造出來，讓我能遇見這麼多的人，能擁有屬於「人」的情感。我喜歡這個世界還有大家。爸爸、雪薇，以後滄瀾學院就交給你們了。』

羅剎的語氣帶著笑意與幸福，沒有絲毫的後悔。

而聽著他如同交代遺言般的發言，巫賢登時一怔。

隨後，羅剎慎重莊嚴的張口，說出了令已然開始暗淡的神陣重新煥發生機的一句話！

『我乃我父巫賢創造之完美神陣，以陣靈羅剎之名，燃燒本源圖騰！』

「羅剎！」巫賢悲呼出聲。

羅剎竟然要犧牲自己！

『爸爸，請以救回君兒她們為優先任務！我會永遠在這裡守護你們！我也相信，爸爸既然能夠將我創造出來，一定能夠重新讓我再活過來的！』羅剎帶著笑意的說出全然信賴的言語。

巫賢咬牙，這才介入操控神陣，和瘋狂燃燒本源圖騰、藉此換取力量的羅剎一起，想盡辦法要將君兒等人從黑洞的吸引力中救回來。

* * *

就在此時，包裹著奇蹟星的神陣遽然亮起了更加燦爛的光輝，並且略微擴大了幾分，讓已經靠近神陣的君兒等人可以感覺到黑洞的吸力正在減低，令眾人不由得加快了前行的速度，互相協助彼此，各施手段加快退回神陣。

接連幾人都回到了神陣裡，然而君兒卻停在神陣之前，遲遲沒有踏入神陣。

「君兒？」牧非煙一愣，此時的她拉著君兒，但她感覺到自己握著的掌心傳來一絲抗拒她力道的感受，讓她不得不回首詢問君兒。

靈風站在君兒身旁，攙扶著她。君兒先前消耗了太多力量，若不是牧非煙和他帶著她，恐怕君兒此時早已不堪黑洞的吸引力被拖入其中。

靈風自然沒有忽略君兒停下來的舉動，目光一同落向了遠方，戰天穹所在的位置紅黑領域已然扭曲。

明明應該一起撤退的，戰天穹的身影為何還是在原來的位置上？

（天穹？）君兒試探性的喊出聲來，然而精神通道裡卻是一片沉默。

戰天穹沒有回答她。

（天穹？！）惶恐的情緒在君兒心裡蔓延。

戰龍等人聽著君兒透過精神通道呼喚戰天穹，卻始終沒得到回應時，眾人不約而同驚慌了。

（爹，你還好嗎？）

（鬼大人？聽得到我們說話嗎？）

想到某種可能性，眾人均慌亂了手腳。

君兒開始掙扎，想從靈風的懷抱裡以及牧非煙的拉扯中掙脫出來。

「君兒，妳不要亂來！」牧非煙焦急的吶喊，想拉住開始掙扎的君兒。就見君兒的手逐漸脫離她的掌心，她感到無比驚慌。那就要失去女兒的慌亂感讓她瞬間泛紅了眼眶。

看著戰天穹儘管仍舊堅毅，卻開始緩慢被扯向黑洞的身影，君兒明白戰天穹就如他們猜想的那般，他顯然沒辦法離開黑洞吸引力的拉扯了！

在這一刻，君兒怨恨起自己的無能為力。

「天穹快回來！」君兒焦急萬分的看著戰天穹的背影，呼喚出聲。

沒有人注意到靈風的眼神閃動著深思的光輝。

聽見君兒的呼喚，戰天穹心中閃過一絲掙扎。最後，他試圖讓自己的語氣帶上幾分輕鬆，透過精神通道對著君兒說：（君兒，我沒事，妳快點回到神陣裡。）

他說謊了。

隨後，戰天穹低聲說道：「答應我一個條件，我就如祢所願。」他知道宇宙意識聽得見他的聲音。

他低垂目光，壓抑想要回首再見愛人一面的衝動。

「除了放過這整個世界與罪人巫賢、牧非煙和現任魔女淚君兒以外，祢還要讓君兒永遠忘記我，將關於我的記憶與感情自她心中抹除，我知道祢一定辦得到。」戰天穹語氣低沉的向宇宙意識提出要求。

這樣一來，就算他不在了，君兒也不會傷心了……

宇宙意識沒有回答他。

不知為何，君兒在戰天穹說出要她回去的那句話後，便立刻明白戰天穹是在說謊——他知道自己回不來了！他正在放棄希望！

看著那逐漸遠離自己的背影，君兒感到了難言的惶恐，下意識的便掙脫了牧非煙拉著她的手，並且同時利用所剩不多的星力施展了領域，將攙扶著她的靈風阻隔開來——然後，背對神陣，順著引力的拉扯朝戰天穹展翼飛了出去！

「君兒！」牧非煙哭喊出聲，想也不想的就追上前去。

靈風只是輕輕一嘆，看著君兒甩開牧非煙、著急的前往戰天穹身邊的舉止，他自然也知道君兒的選擇。

就在牧非煙飛身上前追趕君兒時，靈風使用符文技巧攔住了她，同時，動作飛快的將母樹最後轉贈給他的紫晶樹枝塞到了牧非煙手上，然後將她猛力的推回了神陣之中，隨後頭也不回的展開光翼跟上了君兒。

神陣裡的人完全被隔絕其中，無法離開神陣向戰天穹等人伸出援手。他們只能眼睜睜的看著

君兒飛向戰天穹，然後兩人、不、加上靈風總共三個人，開始不停的接近黑洞。

「女兒、我的女兒！」牧非煙使盡一切力量想要破壞神陣，但在見到神陣因為她的攻擊而光芒暗淡後，只得停下動作。她忍不住在精神通道裡哭喊道：（阿賢，快救救君兒，救救我們的女兒！）

神陣緩慢的擴張，但是卻開始顫抖，顯然非常勉強。

「天穹是大笨蛋！說好就算是死，我也會陪著你的！」君兒直接撞上了戰天穹的後背，愣是讓兩人距離黑洞又更近了幾分。她死死由背後抱著戰天穹的脖頸，竟是忍不住流下了眼淚。

「傻瓜……」戰天穹渾身顫抖，既是氣惱君兒的行動，卻又矛盾的感覺幸福。

這時，靈風緊接著君兒撞了上來，硬是讓擋在最前方的戰天穹感覺到了黑洞更加猛烈的吸引力。

「君兒、鬼大人你們聽我說！」靈風語氣急促的開口，神色激動。「君兒妳還記得妳以前對我說過的那句話嗎?接受絕望以後才會發現奇蹟的那句話!黑洞難道就代表著絕望與死亡嗎?但人類有一種學說，推論黑洞後面可能存在著另一個世界，或許，這是我們活下去的唯一『希望』。」

引力逐漸增強，戰天穹與君兒不得不提起百分之兩百的注意力，才得以聽見靈風對絕望與希望的解釋。

（君兒快回來，爸爸撐不了多久！）巫賢透過精神通道高喊出聲。此時，他們背後的神陣在不停的擴張顫抖後，已然開始接近他們。

只是戰天穹很清楚，如果沒有人犧牲，這個黑洞開口就永遠不會關閉。

「要賭一把嗎？」在聽完靈風的解釋以後，戰天穹語氣嚴肅的對著另外兩人問道。他有些意外靈風竟然會刻意追上他們，只為了告訴他們這件事。

君兒燦爛一笑，堅定卻又羞澀的給出了肯定回答：「以前就說好了，哪怕生死，都要一起的。」她又再度緊緊擁著戰天穹。

靈風瀟灑的笑出聲來：「我沒關係，保護君兒是我這位哥哥自己的選擇。而且，這場戰爭不就是要我們超越絕望嗎？那麼，若那所謂的絕望就在眼前——我們就去超越它吧！」

戰天穹深吸了一口氣，「那就賭一把吧。」他沒時間思考為何宇宙最後沒有答應他的條件。

最後，戰天穹向不停透過精神通道言述焦急的其他人說道：（等我們回來。請相信我們一定會回來！）

隨後，他一個旋身，將君兒擁進懷裡。

在相擁的瞬間，這世間的一切似乎都不重要了。緊緊依偎的兩個靈魂，在這剎那之間感覺到了完美，那是彼此靈魂的契合，是不離不棄的相守，是永恆的羈絆。

靈風展顏微笑，轉瞬利用剩餘不多的星力釋放出了領域與符文，藍翡翠色的光膜僅能將三人包裹其中。領域光球被黑洞引力吸引，開始以極高速度被拖進黑洞深處。

進入神陣得以平安的眾人看著這幅畫面，不約而同悲嚎出聲。

牧非煙不停哭喊著君兒的名字。沒人注意到她手中緊握的紫晶樹枝正閃爍著點點微弱的光輝——那是靈風寄存在裡頭的力量。

戰龍臉上掛著男兒淚，卻是在精神通道裡大喊：（爹，我相信你一定會回來！我和所有的族人會一直等你！我們等你！）

當領域光球被黑洞吞噬，黑洞忽然一震，引力遽然變得虛弱，片刻後引力消失——黑洞由外圍開始向內部崩塌，直到最後徹底從星空中消失，只剩下一個空間扭曲指數特別異常的區域。

一切轉瞬歸於平靜，就好似先前的危險不存在一樣。

看著那什麼也沒剩下的所在，所有人皆是面露悲傷。

『相信……奇蹟……』羅剎耗盡了力量，最後遺留下這句話，隨後神陣瞬間崩潰。

＊＊＊

當天際再度恢復原本的平靜，倖存的世界與人們，紛紛將目光看向災難本來的方向，彼此皆是沉默。

直到一切都安穩的猶如尋常，人們才確定了自己終於從世界末日的災難之中逃脫了。歡呼聲響徹奇蹟星各處，人人臉上全是絕處逢生的驚喜。

然而有人歡樂，卻也有人悲傷。

耗盡力量保護世界的巫賢，一臉蒼白的跪倒在徹底失去光輝的神陣核心。他手上捧著一枚只剩下三分之一、失去光輝的殘破藍色圖騰，神情灰暗哀傷。

……他努力了那麼久，最後還是失敗了嗎？

一旁的雪薇早已泣不成聲。

隨後，巫賢像是感覺到了什麼，本來黯淡的金眸忽然有了光彩！他抬手使用一個簡單的巫族術法，那是協助他感應親人生死的法術。

「君兒沒死！」巫賢一個顫抖，狼狽的站起身來，面色癲狂。「黑洞、黑洞！那不是單向毀

滅一切的黑洞，是連接另一個世界的黑洞嗎？！」

「快、快聯繫戰龍他們，告訴他們，君兒和戰天穹他們還活著！」

哪怕那只是一個微小的希望，他也要緊緊抓住！

Chapter 179

戰爭過後

戰爭結束了。

世人將這場戰爭稱作「龍滅戰爭」，意味著龍族在此戰之中滅絕。

與此同時，「凶神霸鬼」失蹤於黑洞的消息很快就傳了出來。

君兒也因為在戰況危急時和其他守護神聯手使用她的星空領域守護世界，因為其領域的特殊性，破例獲得了一個專屬稱號——「星神魔女」。

直到此時人類才知道，幾年前謠傳中的魔女並非他們的敵人，而是偕同惡鬼一起保護世界的守護者。

「陣神滄瀾」也正式宣布退居幕後。本源圖騰破損的羅剎陷入漫長的沉睡之中，巫賢仍在努力復原他的本源圖騰；滄瀾學院由巫賢、牧非煙和雪薇共同接手。

在這一次戰爭中，出現了許多建立卓越功績的強者，使本來名目上只有五位的守護神行列，邁向了兩位數大關。但真正存活的守護神只有七位，三名舊人、四位新人。

昔日五大守護神中的「魅神妲己」失蹤，下落不明，有消息指出「魅神妲己」在戰爭結束以後，因組織內部發生動亂，意外被殺……儘管沒人相信這樣的事實，但當新的領導者強勢接管九天醉媚以後，人們才相信了此事。

戰後，虛空屏障猶存，但沒了巨龍和精靈兩大異族的限制，人類可以自由航向遠方星空，尋找更多的資源與殖民行星。

新界正式邁入大宇宙時代。

面對人類大肆向宇宙各處展開探險的舉止，巫賢不禁期待著，或許有朝一日，流落在不知宇宙何方的君兒等人，能夠發現人類探險隊的蹤跡，因此找到回家的路也不一定。

＊＊＊

在黑帝斯星盜團的主艦上，卡爾斯沉默的站在艦內昔日靈風的秘密基地——艦頂花園的大片觀景窗前，沉默的注視著那處懸浮在宇宙中的黑洞研究站。

研究站閃動著複雜的符文光輝，在深邃的星空之中如同一座鮮明的燈塔。

在戰後，當戰天穹、君兒還有靈風等三人最後失蹤在黑洞裡頭的消息，由戰龍親自轉達以後，幾乎所有認識君兒等人的存在都倍感震驚傷痛。

少有人相信戰天穹最後說的那句回歸宣示，唯有深刻了解戰天穹與君兒的人，才願意去相信那樣縹緲虛無的語詞。

而卡爾斯以及君兒的朋友們，都選擇了相信。

此處的寧靜因一人的闖入而打破。

「老大。」阿薩特在來到艦頂花園時，看到有人來到這罕有人跡的小休息區而有些訝異。看清對方的容貌以後，他對著卡爾斯打了聲招呼，言語間不見生疏，顯然這段時間已然和卡爾斯混得熟識。

「哦，是阿薩特啊，今天的修煉結束了？你沒去關愛一下你那位固執的大小姐妹妹？」卡爾斯微揚脣角，一開口便是調侃阿薩特。

阿薩特苦悶一笑，逕自找了花園一處的長椅落坐休息，同時嘆息出聲：「老大你也不是不知道，自從緋凰聽到君兒失蹤的消息以後，就瘋狂的學習你安排的戰術課程內容，對我的關心絲毫不理，就算偶爾巧合遇見，她對我的態度也生疏得緊。有時候我都快覺得她不認我這個哥哥了呢。」

阿薩特無奈的揉著眉間，顯然對緋凰對他的態度感到棘手。雖然兩人的關係在知道彼此不是真正的兄妹之後變得有些尷尬，但君兒的事情卻是讓緋凰徹底冷漠的主要原因。

現在的緋凰變得讓阿薩特感覺陌生。雖然她成熟沉穩了許多，但也更加冷漠疏離。阿薩特一直找不到突破緋凰冷漠的關鍵。

「不提這了，紫羽的情況還好嗎？」阿薩特向卡爾斯提起紫羽的事情，眼神有著關心。

紫羽是幾人之中因為君兒失蹤最受打擊的人。君兒是她鼓勵自己成長的信念標榜，而當這個標榜失蹤，紫羽頓時陷入一種不知該往何處前進的慌亂心情之中。

儘管有卡爾斯陪在身邊，但紫羽仍舊惶惶不安。

「有慢慢穩定了，她需要時間才能重新振作。我離開房間前已經哄她先睡了。」卡爾斯低垂眼眸，掩下對紫羽的擔心。

兩個男人彼此各有煩心事，一時間竟陷入沉默之中。

遠方的星空閃爍，卡爾斯幾乎一有空，就會指揮戰艦遠遠觀察黑洞研究站，默默等候奇蹟的出現。

「老大，鬼大人他們……會回來的吧？」阿薩特臉上有著動搖。

被吸入黑洞之中是否還有存活的可能性？誰也不知道。

單純的相信是一種煎熬，因為只有「相信」可以支撐著他們，而這樣的信念很容易因為自身的負面情緒與質疑心態而動搖。

但這又偏偏是唯一能夠支撐他們堅持下去的唯一動力。

「嗯，我相信。」卡爾斯絲毫沒有猶豫的回答，臉上只有平靜。「阿鬼是那種沒有把握不會隨便把話說出口的男人。既然他說他們會回來，他們就一定會回來。」

面對卡爾斯這樣毫無質疑的信賴，阿薩特自嘲一笑，對自己才沒多久就動搖一事感覺羞愧。

是啊，鬼先生就是那樣一個男人！

隨後，卡爾斯像是想到什麼，回頭用著好奇的目光看著阿薩特，問道：「對了，雖然以前有和你聊過一些事情，但還沒有深入過問你的故事……趁今天有空，你有興趣跟我說說嗎？作為交換，我也把我年輕的故事還有跟阿鬼如何相遇的故事告訴你，如何？」

卡爾斯衝著阿薩特擠眉弄眼，眼神盡是笑意。「當然，如果你想要談談那位和你沒血緣關係的妹妹也行。老大我雖然沒幾次戀愛經驗，但好歹也幫助不少手下牽了許多次紅線，怎樣，需要老大我給點意見嗎？」

阿薩特神情尷尬，但就在一陣糾結後，他灑脫一笑：「好，就請老大幫我出個主意吧。說實在的，面對現在的情況我真的不知道該如何是好。我有請過蘭幫我向緋凰傳達我的關心，但蘭那大剌剌的性格老大你也知道，每次好好一句話傳到緋凰耳中全都變了味，不但沒辦法讓緋凰願意和我和好，反而還讓緋凰對我更冷淡……真是……」

說到最後，阿薩特有些無奈。

卡爾斯嘴角一扯，提起蘭，他也是頭疼不已。

蘭的性格或許在社會裡容易得罪人，卻在星盜團中意外受到星盜們歡迎。她才來星盜團沒多久，就惹出好幾次星盜們為博得美人賞識而大打出手的鬧劇來。

「唉，提到她我就頭痛。我其他幾位女性團員都沒她那麼會鬧事……真希望團裡哪位勇士能趕快摘下那朵不停招風引蝶的鮮花啊！若她不是我未來老婆的表姐，我早就——唉——」卡爾斯悲憤的搖頭嘆息。

星盜們小打小鬧就算了，但每一次牽扯到蘭卻都不是單打獨鬥，而是群鬥，然後破壞一堆戰艦內部的架構和建物！每一次維修都是錢啊！

雖然他很有錢，但錢也不是這樣花的！

阿薩特忍不住放聲大笑。

「好啦，就跟老大說說我和緋凰的事情吧。第一次見到她，是我某次任務失敗，從新界回原界看望家人的時候……」

阿薩特用懷念緬懷的語氣，講述起了他和緋凰相遇的經過。

Chapter 180

緋凰&阿薩特：願作梧桐（上）

原界的宇宙機場上，降落了一艘遠航新界的旅行航艦。離開航艦的人數不多，但大部分都是從新界回來原界故鄉的旅客，人人臉上有著歸鄉的欣喜以及去過新界之人特有的驕傲——能夠前往新界是一種實力的象徵。

阿薩特也是自新界歸來的旅客其中一員。只是他卻與其他旅客不同，神情憔悴失落。

他在新界的一場傭兵任務失敗了，雖然最後雇主沒有要求他賠償任務失敗的費用，但對於前段時間不停順利完成任務的阿薩特而言，自信心受到了嚴重打擊。他一心想要在新界闖出一番名氣，功成名就後便可以將住在原界故鄉的父親與繼母接往新界居住，只是那場任務的失敗，讓對自己期望很高的他非常失落。

而在內心惆悵時，阿薩特竟然不經意的買下了回原界的船票，他這才明白，原來當自己無助時，總會下意識的想要回到幼年自己生長的地方，回到養大自己的老父親身旁。

或許，在內心某一個角落，唯有在親人身旁，才是他能夠安心的地方吧。

能夠見到父親的期盼，讓阿薩特本來憂鬱的心情不由得開朗了起來。還記得幾年前父親才娶了一位繼母，不曉得繼母有好消息了沒有？父親和母親生下他以後，在母親死前都沒能留下除他以外的子嗣。他們家不是什麼大家族，無須擔心奪產繼承的煩惱；如果繼母能替父親多添一位孩子，相信也能替父親帶來些歡笑吧？

他沒有聯絡父親自己就要回來的消息，手上提著從新界帶回的一些禮物，想給父親與繼母一個驚喜。

可當他走進家門時，反是他收到了一個超大號的驚喜——他多了一個妹妹！

「阿薩特，這是你妹妹。她叫『緋凰』，呵呵，是你繼母取的名字喔。」父親笑得燦爛，將懷中包裹在布巾裡頭沉沉睡著的小嬰兒遞給了他。

這時的緋凰，髮色偏紅，於是繼母為她取了一個「緋」字，「凰」字則懷有母親希望女兒飛黃騰達的期許。直到長大以後，緋凰的髮色才漸漸轉為粉紅色。

那是阿薩特第一次見到緋凰。

之後的幾年，儘管阿薩特不常回到原界，但還是跟這位同父異母的妹妹保持著關係密切的通訊往來，並且寄了不少禮物回去給緋凰；緋凰也很喜歡這位總是帶給她很多有趣禮物的哥哥。

某次任務，阿薩特因為工作要求，不得不暫時關閉通訊卡片，卻因此錯過了父親傳來的求救訊息。當任務結束，阿薩特在收到遲來的訊息以後趕回原界，他的父親與繼母已然因為一場意外事故而身亡，妹妹緋凰則是下落不明。

阿薩特幾乎動用了自己擔當傭兵以來儲蓄的資金，透過無數管道，終於查到緋凰竟然被原界大世家之一的皇甫世家抓了去。

因為緋凰擁有皇甫世家的血脈，並且遺傳天賦覺醒，便成了皇甫世家的商品——大小姐！

為了保護自己在這個世界唯一的血親，阿薩特毅然決然混入皇甫世家。好在皇甫世家的領地與他們的舊居在不同的殖民區上，再加上他近年來極少回到原界，皇甫世家似乎並不曉得緋凰還有他這位哥哥存在。

阿薩特憑著自己能夠前往新界的實力，從皇甫世家最底層的護衛做起。之後，因為緋凰的保鏢對她動了心、遭「靈魂誓約」反噬而亡後，他憑著自己在原界高人一等的實力，成了緋凰的貼身保鏢。

看著性格變得狠辣無情，以折磨其他大小姐為樂的緋凰，阿薩特可說是無比痛心……昔日那位可愛的小女孩，如今卻被這冷血的世家變得如此！

然而，阿薩特卻沒想到這全是緋凰的偽裝——為了保護自己，不得不將自己樹立成女王角色的偽裝。這令阿薩特對緋凰的成熟與智慧感到震撼。

於是在阿薩特的暗中協助之下，緋凰展開了長達十年之多的逃離計畫！

聽著阿薩特的講述，卡爾斯感慨的說道：「你們兩兄妹也實在夠辛苦的了。」然後話鋒一轉，問道：「那你是什麼時候發現愛上自己妹妹的？」

這是卡爾斯最好奇的地方。畢竟，那可是自己的妹妹……阿薩特究竟是如何從一個單純的妹控，演變成對妹妹產生男女之情的？

阿薩特因為卡爾斯這番單刀直問的方式面色臊紅，一張俊臉像是火烤似的。

隨後，他呢喃道：「或許是……當我發現我逐漸無法了解緋凰想法的時候開始的吧，雖然我現在還是不了解她……但自從她遇見蘭和紫羽之後，許多事情就不會找我討論了。我可以理解女孩終究還是需要同性的友人，只是會覺得……有種離她越來越遠的感覺吧，可以的話我還是希望她像一開始那樣，有什麼事情都會第一優先找我來談論商議。被擺在次要順位總是讓人傷心。」

那時的緋凰在皇甫世家的「女王」之名，已然被皇甫世家的家主認定，並且賦予了最高評等的緋凰極大的權力。這些，全都是緋凰刻意展現勢利貪權，但卻非常順從家族指示，再利用自己的魅惑天賦，長年在家主心中累積下來的信任。

這也讓她擁有更多的自由，可以在暗中進行自己的逃離計畫，並且得以透過自己長年來的性格假象，讓家族對自己放下防備戒心，容許她能夠獨自在保鑣的監護下與其他大小姐會面——其他大小姐可是得由保鑣與女僕同時監控，才得以與其他大小姐會面呢。

而皇甫世家沒有深查阿薩特的身分是一大失策。

就在緋凰暗中得到蘭和紫羽的協助以後，在紫羽的幫助下，阿薩特的身分隱憂便透過紫羽的駭客技能徹底解決。

只是阿薩特守在緋凰身旁，聽著年僅十七歲的緋凰，和朋友講述連自己這個成年人都為之心驚的逃跑計畫時，他忽然有種緋凰總有一天會離開自己，並且飛到他永遠追不上的所在。這樣的認知讓他惶恐慌張，並且完全不能理解這樣的心情究竟是怎麼一回事。

可阿薩特是個成熟男人，很快的，他就發現自己對自己的血親妹妹有了不應該有的感情——那讓他感覺絕望。

這樣的情感，註定永遠沒辦法得到圓滿。

只是阿薩特長年擔當傭兵，擁有一顆堅毅沉穩的心靈，儘管大受打擊，但他還是繼續支持著緋凰，也絲毫沒有改變他對緋凰的寵愛與疼惜。他已經做好一輩子都只能用兄長身分去愛自己妹妹的心理準備。

那是要如何堅強的心靈才能做出的殘酷決定？

要知道，戰天穹起初在不知道君兒的心意時，決定若是君兒沒辦法愛上自己，自己就要默默守護在君兒身後一輩子。然而，光是想到他就無比痛苦，更何況是當時長年貼身保護自己心愛的妹妹，必須每天見到緋凰的阿薩特呢？

這也證明了阿薩特內心的強悍，亦是戰天穹對他另眼相看的主因。

阿薩特在皇甫世家後期，就開始感覺到緋凰與自己這個只會戰鬥的莽漢最終將會走上兩條截然不同的道路——強勢果斷並且洞悉大局、指揮與布局能力強悍的緋凰，註定能比他走得更遠、更高。

「我曾經告訴緋凰我是一頭大鷹，會永遠庇護她這頭小鳳凰。只是當緋凰開始成長以後，我忽然發現，我將只能是遠遠看著鳳凰飛遠，卻永遠追不上鳳凰的那隻悲傷雄鷹……儘管當時緋凰並沒有丟下我的意思，但我知道總有一天，我會沒有資格站在緋凰身邊繼續守護她。」阿薩特惆悵開口。

在舊西元時期的傳說中，有一種祥獸鳳凰。

而緋凰一如她名字中的「凰」字一樣，是個驕傲優雅又天生適合站在高處的耀眼角色；可阿薩特不過僅僅只是一位實力不比他人強悍，天分又沒有多特殊的普通存在。高高在上的鳳凰不是他這位凡夫俗子所能擁有的。

緋凰的成長，讓阿薩特在欣慰與驕傲之餘，開始感覺到了不安。

他守護了十幾年，心中默默愛著血親妹妹，最終還是只能放手讓她離開嗎？

他充其量不過只是隻鷹……鷹，或許是天空的王，卻配不上能夠翱翔宇宙的高傲鳳凰。關於鳳凰的傳說，有提到鳳凰這種驕傲的鳥中之王，一生只會棲息在一種名為「梧桐」的樹上。那他可否不要作鷹，而是成為鳳凰棲身的梧桐樹？

然而這樣的念頭，阿薩特也只是想想罷了，他們是血親兄妹，他永遠沒辦法成為緋凰最後棲息的那棵梧桐。

「我沒想到在緋凰等人逃出皇甫世家以後會被塔萊妮雅救下，並且輾轉成為九天醉媚的成員。雖然我在鬼先生破壞皇甫世家的『靈魂誓約』核心以後解除了契約，卻還是晚了一步。緋凰在進入組織並且等局勢穩定下來以後才聯繫我，並且向我推薦滄瀾學院任教的塔萊妮雅，希望我可以加入九天醉媚，和她一起工作。」

「我自然是去了，並且以自己的傭兵資歷換來了滄瀾學院最低的教官資格。可塔萊妮雅為人謹慎，我後來才知道她是為了保護擁有皇甫世家血脈的緋凰，所以要我去做血液檢測，好確定我真是緋凰的兄長、而非心懷詭詐之輩——結果出乎意料！」

阿薩特的語氣帶上了幾分激動，「我和緋凰竟然沒有血緣關係！」

「一直以來我都沒有懷疑過我和緋凰的血緣關係。父親將緋凰視作親骨肉，絲毫不疑緋凰是繼母和別的男人有染生下的孩子。畢竟當時他們已經結婚了，父親非常相信與愛著繼母。當時我們還天真的以為緋凰的髮色是遺傳繼母上一代的親屬，因為繼母並不是粉色頭髮。」

「上一代的情感糾葛，早在我的父親與繼母因意外喪命後，再無法理出一個頭緒來了。我只知道，緋凰和我沒有血緣關係，這意味著，我可以不用再以一位兄長的身分愛她，我可以用 個男人的角色去疼愛、照顧緋凰一輩子了！我終於可以成為鳳凰棲息的梧桐樹——」

阿薩特激動的漲紅了俊顏，最後還是看見卡爾斯似笑非笑的神情，才從再次想起這驚人消息時的喜悅中平復了心情。

「說起來也真是愚蠢，我從來沒有這麼一天感謝我繼母當時背著我父親去偷漢子過……」阿薩特臉上有著尷尬，畢竟他這樣的想法對自己的父親可說是大不敬啊！不過，上一代的恩怨就終止在上一代吧。

「但是，也因為血緣檢查後發現我們沒有關聯，塔萊妮雅教官一開始還以為我是某個組織派來接近緋凰的密探呢，讓我受盡刁難、甚至還被囚禁。在久等不到我以後，緋凰才終於從塔萊妮雅口中得知我已經來到學院找她的這件事。」

「呵呵，起先緋凰在聽到我和她沒有血緣關係時，還誤以為來找她的並不是我。因為她也和我一開始一樣，相信我們彼此是親兄妹的事實。她以為來人是不知打哪來要胡亂認親攀關係的男

性呢。如果不是我當時對著塔萊妮雅說出君兒和鬼先生是未婚夫妻的消息，並請塔萊妮雅轉述此事給緋凰知道，緋凰才震驚的向塔萊妮雅提出想要見我一面的要求，確認我是否是那位保護她多年的哥哥。因為君兒和鬼先生兩人的關係，只有當時在皇甫世家的我們幾人才知道。也因此，緋凰才會前來見我的……」

「只是當我們終於碰面，並且在知道我和她沒有實質的血緣關係以後，緋凰對我的態度開始有了許些變化。」阿薩特面露苦澀笑意，「她開始疏遠我了，並不是不願意見到我，只是很多時候不會再像在皇甫世家那時找我商議了。再加上或許是因為我在知道我們沒有血緣關係以後，表現的太過殷切，害緋凰嚇到了吧……」

「畢竟，保護自己多年，只單純將對方視作『哥哥』角色的男性，忽然對她表現出男女之情……再更仔細想想，搞不好這位『哥哥』在更早之前就對自己有所想法了，任何人都會感到噁心吧？」阿薩特笑容慘淡。

「在察覺到緋凰的慌張與不知所措以後，我才收斂了我的情緒，並且開始對緋凰保持一個適當的距離，就怕會再次嚇到她。所幸一段時間過去，緋凰也漸漸能夠和我恢復互動，只是卻沒辦法回到最一開始的親密了。或許是我們兩人心中有了隔閡，沒辦法恢復單純的兄妹關係了……」

卡爾斯看了神色無奈的阿薩特一眼，卻是笑問：「你不是想當鳳凰的梧桐樹嗎？這麼輕易就想放棄了？就算緋凰因為以前的兄妹關係而不知道該怎麼跟你相處也沒關係，從現在開始讓她重新認識你這個人不就好了？你以前是以『哥哥』的身分去跟緋凰相處，所以在這層關係被事實撕破以後，兩人不知道該如何面對；那麼現在就以『阿薩特』這位男性的身分去和她接觸，讓她重新認識『阿薩特』這個人。」

「至少你要去嘗試過，才知道有沒有機會，不是嗎？」

阿薩特若有所思。

卡爾斯隨後露出了星盜掠奪的本質，彎起一抹殘酷的笑容來。

「鳳棲梧桐的故事我也聽過，梧桐是一種高大挺拔的樹木，所以你得擁有足夠吸引緋凰目光的能力，才能讓她被你吸引。緋凰是個有傲氣的女子，如果你只是沉默守候，那絕對得不到她的關注，她的另外一半一定要是比她優秀的男子，這樣她才會放下身段來依靠。所以你必須展現自己的堅強與獨特。」

「男人就是要主動出擊；但是要果斷狠辣又不失沉穩……就像老大我一樣！」

卡爾斯說到最後不忘挺起胸膛自我美言了一番，讓一開始認真傾聽的阿薩特差點笑場。

「老大……我知道了。」阿薩特忍笑忍得很痛苦。但他知道卡爾斯是用自己的方式鼓勵他，而且卡爾斯說得非常實際。

或許卡爾斯並不是個理想的愛情諮詢對象，但他非常理解一個人的性格，並且懂得制定如何制服這個人的計畫。要不然，卡爾斯不會深得星盜們崇拜尊敬多年。這全是仰賴他深入人心的觀察與恰到好處的相處應對，從各方面讓星盜們對他這位娃娃臉團長心服口服。

「唉，你還好說，至少你比阿鬼那傢伙成熟多了，只是因為太過熟悉兄長這個角色，而找不到如何追求緋凰的關鍵而已。想當年我勸阿鬼的時候，那悶騷鬼簡直龜毛到家了——」卡爾斯忍不住向阿薩特抱怨起了此時不知下落的戰天穹。

「你知道那頭悶騷鬼當時有多蠢嗎？他一直在那糾結痛苦，卻不知道君兒早就知道自己喜歡他了！君兒那時才十六歲，就成熟的說要給阿鬼兩年時間做心理準備，如果阿鬼最後沒勇氣愛她，她也會在兩年之約結束以後向他表白——阿鬼都活了五千年了，處理感情還比小毛頭生澀！」

卡爾斯難得逮到人可以談論戰天穹，自然是一古腦的將戰天穹以前的糗事全都講了出來，直讓阿薩特聽得倍感有趣。

雖然阿薩特和戰天穹彼此視為好友，但其實戰天穹不會對旁人講述自己的事情，再加上又寡言、實力強悍，難免會讓人心生隔閡之感。但透過卡爾斯這樣一說，讓阿薩特明白原來那位強悍如斯的「凶神霸鬼」，也有像年輕小夥子一樣因為愛情而苦悶棘手的時候。無形間令他感覺親近了許多。

說到最後，卡爾斯不由得感嘆：「可惜，阿鬼最後還沒能將我和小羽毛訂婚時說要補的紅包補給我，就先失蹤在黑洞裡頭了。我懷疑他是在躲債，不過只是區區一個紅包，包個幾百萬給我塞塞牙縫也可以啊！可惡，以後我一定要跟他算利息！」

卡爾斯捶胸頓足。

「噗！老大你實在——哈哈哈——」阿薩特最後還是忍不住大笑出聲。

卡爾斯臉色轉為邪氣，語出蠱惑的說道：「哈，怎樣，開心點了沒？開心了的話，就像個爺們一樣振作起來去追你妹妹，你總不希望自己一手呵護疼愛長大的小美人，最後成了別位男性的掌中物吧？」

「我知道了，老大。」阿薩特終於打起了精神，然後忍不住衝著卡爾斯惡意一笑：「那到時候，如果我追到了緋凰，老大要請我喝你私藏的百年老酒哦！我知道你偷偷藏了好幾瓶好酒。而且等我和緋凰訂婚結婚的時候，希望沒有黑洞能讓老大躲債囉。」

阿薩特決心要做回真正的自己！他要讓緋凰看見真正的自己，而非過去那位以兄長身分疼愛她的「阿薩特」！

他會努力的！往後，他不再為鷹，願作梧桐。

「好啊，原來你覬覦我的陳年好酒那麼久了?!不過，如果你真有本事，跟你共享好酒也行。」

兩名男性互視一笑，彼此握拳輕擊，互相表達支持。

Chapter 181

緋凰&阿薩特：願作梧桐（下）

距離君兒失蹤已經有一段時日了。

這段時間，緋凰只能透過忙碌，藉此緩和自己失去朋友的痛苦自責。只是當她疲累之時，總是會想要對阿薩特撒嬌依賴，但一想到對方不是自己的親兄長，緋凰只得將那樣的小女孩心思深藏內心一角……試圖忘記阿薩特曾經對自己的好。

但她如何能忘？阿薩特在自己最痛苦無助的時候出現在自己身旁，一邊隱忍著情緒不讓「靈魂誓約」反噬，一邊又絲毫不掩飾對她的照顧疼愛。她早已習慣了阿薩特在自己身邊，只是當「哥哥」這個名稱無法再用在對方身上時，讓她開始不知道該如何與他相處了。

尤其是當她察覺到，自己過往信賴與親近的哥哥竟然對著自己懷抱男女之情以後，就更加不自在了。

就在緋凰沉浸在苦悶情緒之中，房間的電子門「唰」的一聲打開了。

「哇啊，真是累死人了，我從來不知道自己會有那麼受歡迎的一天。」

蘭疲倦的聲音傳了進來。

以前她在團體裡頭，容貌不比緋凰絕色，又沒有紫羽惹人心憐，又不比君兒神采耀眼，在四人之中總是被忽略的那個人。沒想到來到星盜團以後，她桃花運大大上升，真是始料未及。

不過，經歷了許多事之後，現在的蘭沒有因此迷失心智，反而更能冷靜看待自己被眾多男性高捧的情況。

蘭走進房間，隨手關閉了電子門，有些感慨的說道：「唉，我只是想要找一位願意痴心守候的好男人而已，有那麼難找嗎？」

緋凰無奈的看了好友一眼，「蘭妳要求太高了。」

「我就不相信找不到！」蘭神情堅定，似乎鐵了心想要找到那樣的理想伴侶。

「老大的星盜團有那麼多部門和分隊，總會給我遇到寶的。好啦，不說我，緋凰妳呢？阿薩特就是這麼好的一位男性喔。星盜團裡的女人可都直接得很，妳再不管，搞不好阿薩特就會被別的女人拐走囉。」

「我？」緋凰一愣，然後面色微紅，囁嚅道：「拜託別再提這件事了。阿薩特他……我真的……我跟他又沒什麼。」

蘭似笑非笑的看著緋凰，「哦？難道真的沒有什麼嗎？既然沒什麼，那妳又在糾結什麼？」

緋凰被蘭說得尷尬起來，最後乾脆鬧起彆扭。

「哼，本來就沒有什麼好不好！蘭才不懂呢！」

緋凰這副嬌羞卻又死不肯承認的模樣，落在蘭這個局外人眼中，可說是內心事被點破的惱羞成怒情緒而已。這不禁讓蘭哈哈大笑，再次惹來緋凰的怒瞪。

只是蘭雖然會糗緋凰，卻也知道以緋凰天生傲性，怕是沒有人能夠讓她認清自己的心情了吧……或許，君兒的意見緋凰會聽，但此時君兒不在，緋凰也只能靠自己想通了。

「如果君兒在就好了……」

緋凰忍不住如此想到那位失蹤在黑洞之中，不知去向的友人。

＊＊＊

緋凰和阿薩特兩人之間的尷尬情況，因為那天卡爾斯和阿薩特談過以後開始有了變化。阿薩特不再像過去那般全然關注與照料緋凰，而是將注意力放回自己身上，專注於提升自己的實力並與其他星盜打好關係。

忽然失去了阿薩特每日的溫柔與關懷，緋凰有些悵然若失。

雖然她曾有想過如果彼此能夠遠離，能讓雙方不要那麼尷尬，卻沒想到當阿薩特真的不關注自己時，自己的心情會那樣難受。

緋凰的惆悵心情最後轉為委屈與氣惱，連她也不知道是怎麼一回事。趁著某次卡爾斯給了她一個新功課，緋凰第一個想到的便是找阿薩特來協助自己。

「哥——呃，阿薩特，我想跟你談點事情。」緋凰習慣性的又想叫出那個稱呼。她看著阿薩特平靜的臉龐，不由得想念他過往總會對她淡淡揚起的溫和笑容。可現在的阿薩特好冷漠也好陌生，面對這樣的他，緋凰百感交集。

「什麼事？」阿薩特平淡回應，他沒有忽略緋凰眼中的複雜情緒。在和老大談過以後，他很快就認知到了自己的問題——他對緋凰太好了，好到緋凰看不清他的真正模樣，緋凰太習慣過去的他；所以，他決定要重新開始，試著透過不一樣的態度，讓緋凰逐步認識真正的他。

聽著阿薩特的淡然提問，緋凰先是心頭一酸，然後一股憤怒湧上心頭。

她語氣不悅的提問道：「老大最近安排一份功課給我，要我去思考上位者如何透過理解和觀察，並且使用正確的方式讓不同類型的人為自己效力。這一次老大要我去了解的角色正好是『傭兵』，我唯一認識的有當過傭兵的人只有你了，所以得麻煩你找個時間跟我出來聊聊傭兵這個職業。」

阿薩特一聽完緋凰的要求，馬上就知道是老大在替他製造機會了。可緋凰這副強硬態度看在阿薩特眼裡，照顧她多年的他又如何不知緋凰這是在鬧彆扭，希望他主動表達關心了？只是緋凰這樣強硬的態度得改改才行，否則面對桀驁難馴的星盜，這樣的強硬不但沒能讓對方折服，反而會引來反效果。

阿薩特知道卡爾斯有心栽培緋凰，他也正好透過這一次的事件打磨她。

「抱歉，我最近訓練都排滿了。」阿薩特冷漠回道，委婉拒絕。

緋凰一愣，沒想到阿薩特竟然會拒絕自己，這讓她本來計畫好的後續談話沒能派上用場。

「那、其他時間呢？」她有些侷促的問道。

阿薩特意味深長的看了緋凰一眼，「其他時間我要跟朋友去喝酒。沒事的話我要去修煉了。」他答得簡單，傳達著不想再談下去的訊息。

緋凰咬牙，壓下內心瀰漫的委屈，問道：「那你哪時候有空？」

「看我心情。」

阿薩特淡然一笑，說著讓緋凰傻愣當場的狂妄語詞，然後瀟脫的轉頭離開，絲毫不理緋凰會做何反應。

就在阿薩特轉頭離開以後，他聽見了緋凰隨後的冷哼聲，還有大步離去的急促腳步聲。他真的太了解她了，了解到光是聽到腳步聲就可以聽出緋凰的氣憤、不解還有委屈。

阿薩特微揚嘴角，他首先要做的，就是讓緋凰知道他不會永遠順著她。「若即若離」無論是用在男性還是女性身上，一樣適用。

他打算循序漸進的讓緋凰「了解」自己，不過與其說了解，不如說是勾起她對自己陌生一面的好奇心，但又不能太超過。他可說是這個世界上最了解緋凰的人，比誰都還要了解，他相信自己可以把握好那個尺度。

這將是一場漫長的狩獵——他就不相信他幾十年的寵愛照顧，緋凰會無動於衷！

就在卡爾斯的提點之下，阿薩特終於褪去往昔疼愛妹妹的好哥哥形象，展現自己真正的性格來。他忽然覺得，能將一向喜歡掌控局勢的緋凰玩弄在掌心之中，似乎也是挺有趣的一件事。

就在冷落緋凰幾天以後，阿薩特再次找上了緋凰。

「好了，我現在有空了，有什麼需要幫忙的地方儘管問我吧。」

緋凰看著臉上掛著熟悉溫暖笑容的阿薩特，她忍不住驚喜莫名，還以為前幾天單純是阿薩特心情不好，不想影響到她才會那樣表露疏離。

「我請你吃飯吧！就是關於之前老大要我做的功課……」

這天緋凰和阿薩特相談愉快，但阿薩特清楚，如果不是因為有所理由，否則自從兩人知道彼此沒有血緣關係以後，緋凰是不會對自己這麼熱絡的。

緋凰似乎不知道自己這樣的行徑太過勢利眼了。但畢竟身處皇甫世家那樣自私與充滿敵意的環境多年，阿薩特實在無法怪罪她的性格因而變得如此。

＊＊＊

卡爾斯見緋凰解決了第一項功課，很快又丟給了她另一項功課——要她去理解「星盜」這個角色職業。但偏偏，緋凰因為性格驕傲，面對那些粗魯豪放的星盜一向不假辭色，一時間要讓她去訪問某某星盜，還真是有些難為她。

左思右想之下，緋凰發現自己竟然還是只能拜託阿薩特了！好歹阿薩特現在也跟星盜混得很熟了，如果和他打聽應該能得到不少消息吧？

於是緋凰再一次找上了阿薩特。

「阿薩特，和我聊聊『星盜』這個職業吧！」

「我沒空，有朋友邀我喝酒。」

阿薩特回應的態度再次回到了最一開始的冷淡，在冷漠拒絕了緋凰以後，他頭也不回的轉身離開。

面對阿薩特的背影，緋凰有些氣惱。

「討厭，阿薩特最近是得女人病嗎？怎麼一段時間就性情大變，以前他不會這樣的啊！」

之後又有好幾次她主動找阿薩特談事，卻都被一一的拒絕。

緋凰不是那麼容易認輸的女子，她在幾次主動邀請失敗之後也開始覺得有些奇怪，私下花了點時間進行自我檢討。仔細回憶了一番自己這段時間和阿薩特談話的發言與態度，又和蘭閒聊了一會，她才認知到一件事。

「是我的態度太強硬了嗎？但我以前都是這樣說話的啊，為什麼阿薩特現在會這樣回應我？」緋凰冷靜的思考著，同時猜測這是否是阿薩特想藉此告訴她，有時候態度太過強硬，是無法獲得他人援助與妥協的。

看著鏡子中的自己，緋凰試圖緩和自己那總是不經意浮現臉龐的傲慢神情。

「要驕傲、但不要傲慢，想想君兒的自信表情吧緋凰！君兒的自信不會給人討厭的感覺，妳太過驕傲了，難怪阿薩特會用這樣的方式警醒妳。」緋凰對著鏡中自己的影子自言自語道。

只是一想到阿薩特最近忽冷忽熱的態度反應，讓一向喜歡將事情全掌握手心的她感到了些許挫敗。可是阿薩特這樣警醒她的方式，卻又意外的令她感覺新鮮。以前阿薩特總是溫柔的提醒她，但她許多時候都不會聽進他的溫柔勸說；而這樣的警告帶給她的衝擊較大，讓她有心去關注自己的狀態並且試著去改進與成長。

最後緋凰忍不住對鏡子擺了個鬼臉，然後為自己許久沒有這樣俏皮的神態而噗哧一笑。只是

隨後面色不由得轉為苦澀。

「好想念小時候呢……阿薩特哥哥，我們應該沒辦法再回到以前了吧？真的、不知道該怎麼跟你相處才好。」

緋凰輕輕一嘆，收拾了心情，繼續思考要怎樣尋求阿薩特幫忙。

＊＊＊

又一次被阿薩特拒絕，緋凰氣惱的跑回房裡，冷靜遽失的模樣讓蘭嚇了一跳。

「阿薩特真是莫名其妙！不是說喜歡我嗎？為什麼忽然就對我那麼冷淡，對其他人就那麼好？還說會一輩子照顧我，都是騙人的！我已經盡可能的改變態度了，為什麼他還是一直那樣疏離我，我到底哪裡沒做好？！」

一想到阿薩特最近忽冷忽熱的態度，緋凰第一次感覺到自己其實並不了解他。習慣他對自己的好，沒想到當他冷漠對待自己時，心會那麼難過。

蘭白了緋凰一眼。她這個旁觀者看得可是一清二楚，緋凰此時的模樣，活像個得不到愛慕對象關注而胡亂發脾氣的小女孩——沒想到那個成熟的緋凰遇到感情事，反而比君兒還遲鈍呢。

「阿薩特以前都不會這樣。」緋凰兀自生著悶氣。

「緋凰妳不覺得自己很過分嗎？一直以來都是阿薩特在付出，妳卻從來都沒有替他做些什麼，搞不好妳這段時間的冷漠傷到他了，讓他決定要放棄對妳的感情了吧。反正你們也不是親兄妹，他其實沒有理由再繼續對妳好下去了。」

蘭有些看不下去，忍不住教訓起了緋凰，說的內容令緋凰內心有些膽顫心驚。

「應該、不會吧？阿薩特他明明說過他會一輩子照顧我的。」

「緋凰妳太天真了。如果今天你們真有血緣關係，或許阿薩特就會這樣一輩子默默守護妳，看著妳嫁人、生子，然後永遠將自己的真心埋在心底直到老去。但今天你們沒有血緣關係，他終於能夠表達真心的時候，妳又冷漠對待他，這樣只會讓對方心死而已。」

「而且妳拿什麼要求他一輩子照顧妳？妳是他的誰？妳要他永遠照顧妳，那妳呢？妳能如何回應他的無悔付出？如果妳只是單純的想要享受阿薩特的付出，我可是會瞧不起妳的。」

蘭的犀利發言說得緋凰臉色青白交錯。

這是緋凰第一次因為朋友的直白坦言而感覺羞愧無措。

「我、我去找紫羽聊聊好了……」

緋凰落荒而逃。

而就在緋凰離開房間以後，蘭小心翼翼的打開房門、確認緋凰已經離開，這才翻開通訊卡片，聯繫上了阿薩特。

「嘿，我可是照著你的建議，稍微刺激了一下緋凰。別忘了你答應我的事。」

通訊卡片傳來了阿薩特的笑聲：「好，沒問題。我會跟老大提議讓妳調到別的分隊醫療室。之後緋凰的事也拜託妳了。」

「事成的話，紅包包大包一點給我就行。對了，緋凰現在去找紫羽了，紫羽那邊你有先聯繫好嗎？需不需要幫忙？」

「紫羽那裡老大幫我處理好了，先謝了。」

兩人又繼續談論了一段時間，這才結束了通訊。

離開房間後，緋凰找上了近期狀況不是很好的紫羽談論阿薩特的事情。她實在沒有誰可以商談這種女兒心事了，不然她平時也不會想到和自己認為有些懦弱膽小的紫羽談事。

紫羽的神情有些憔悴，但比起一開始聽見君兒失蹤的慌亂心情，現在的她已然平靜許多。她安靜的傾聽著緋凰的講述，邊思考如果是君兒的話，她會如何看待此事，又會如何給緋凰建議。

「……事情大概就是這樣，紫羽妳怎麼看？」緋凰感到困惑，難得在熟識的朋友面前面露脆弱。「我現在不知道該怎麼辦才好了。想要和阿薩特回到以前那樣的關係，但他不是我的親哥哥，沒有理由繼續對我好了……」

紫羽一眼就看出緋凰正在為情所困——這表示，緋凰並不是對阿薩特沒感情，只是她自己還不理解而已。

片刻後，紫羽已然有了想法。她用著自己特有的溫柔語調徐徐開口道：「緋凰，妳是不是因為阿薩特過去身為『哥哥』的那層身分，放不開矜持去接受他對妳的感情？如果妳能放下對阿薩特身分的在意，將阿薩特當成一個普通單純的男性來看，妳會怎樣看待他這個人？如何看待他對妳的好？」

「唔……」緋凰陷入深思之中。

紫羽淺淺一笑，繼續說道：「我相信阿薩特現在一定是在試著透過和以往不一樣的互動方式，讓緋凰認識真正的自己。請緋凰給彼此一個機會，互相重新了解認識吧。可以的話，希望緋凰可以儘早想通，要知道在星盜團裡頭，生死就在眨眼之間——有些事情一旦錯過，那就是一輩子的後悔。」

「就像我不想哪一天失去卡爾斯哥哥的時候再來後悔一樣，所以我很珍惜現在跟他在一起的每一天。」

紫羽笑得單純，神情滿是幸福。

看著紫羽的笑容，緋凰有一瞬間恍惚看到了君兒的笑臉。君兒也和紫羽擁有同樣的笑容——把握與珍惜每一天的幸福微笑。

緋凰試著去想，如果有一天阿薩特怎麼了的話——但光是想像，她就感覺到慌張痛苦充斥心頭，她沒辦法想像沒有阿薩特的世界是怎樣一副光景。她太習慣他的溫柔與照顧了，習慣到一旦失去，她就開始失魂落魄、六神無主。

「我需要一點時間……」

＊＊＊

阿薩特正在和卡爾斯交流最近他與緋凰的進展。

他無意間和卡爾斯聊起了「習慣」這件事。

「老大，習慣是一件很可怕的事情。緋凰從以前就已經很習慣我總是默默守在她身後，給予她需要的照顧、守護、陪伴與協助。今天如果我們真有血緣，往後哪怕她心有所屬，心裡也一定會留一塊重要位置給我；但今天我們沒有血緣關係，那麼，我可以刻意引導她，讓她這樣的習慣轉變成更加深刻的依賴，讓她最後連離開我都辦不到。」阿薩特淺淺笑著，茶色眼眸裡頭閃動著獵人般的光輝。

「儘管現在距離我的理想還有一段時間，但首先要讓她習慣我這樣不同以往的互動模式才行。現在用這種方式她就會自我檢討；以前我真的太溫柔了，所以她幾乎不會聽我勸說。換個方式也好，或許我們得稍微改變一下我們彼此之間的相處方式。」

「……原來阿薩特的本性是腹黑啊！真是出乎我的預料。你說的這種『習慣』，是類似毒品的東西，那東西可不是好東西啊！但如果用在感情上來說的話，這倒不失為一個能夠逐漸增加女人對男人關注的好起點。」卡爾斯哈哈一笑，聽阿薩特這般胸有成足的發言，他知道自己不用操心了。

阿薩特舉起手中的酒杯和卡爾斯碰杯，臉上笑容沉靜。

「我現在才知道，當年的四位大小姐之中，緋凰才是對感情最駑鈍的那個人。」

他不是傻子，透過這段時間與緋凰的互動，他多少能察覺緋凰內心深處，連她自己都不知曉的真正心情。

自從他改變對緋凰的態度以後也有一段時日了，按照緋凰的性格，最近她應該就會主動找上門，徹底釐清自己的心情。阿薩特正在等候那樣的機會。

此時的他看似被動，其實已經掌握了主動權，正等著獵物自己跳入陷阱裡，好讓他慢慢享用。那頭鳳凰太驕傲了，他得等她自己主動接近才行。

卡爾斯看了阿薩特一眼，笑問：「看你的樣子，莫非你全都安排好了？」

阿薩特只是神秘的笑著，沒有回答。

兩人小酌片刻，之後便散夥各自回房。

＊＊＊

另一方面，緋凰因為今天和蘭與紫羽的談話，而翻來覆去睡不著覺。最後她乾脆起身，決定要打破現狀，主動聯繫阿薩特把話徹底講明白，也順便釐清一下自己這種難過糾結的感情究竟是怎麼一回事。

她拿起通訊卡片，傳了個訊息給阿薩特。

「阿薩特，有空嗎？有些事情想找你談談，艦頂花園不見不散。」

傳完訊息以後，緋凰也不管阿薩特會不會回訊或者是依約前來，便穿戴整齊，率先一步前往艦頂花園。

在艦頂花園等候時，緋凰有些緊張，不停思考著等會要怎麼跟阿薩特開口談論最近彼此兩人之間的變化。

緋凰一嘆，對自己最近總會胡思亂想的情況感覺無奈。隨後她一個振作，甩開慌張，決定冷靜應對之後的談話。

只是，當身上帶著些微酒氣的阿薩特站到自己身前時，緋凰本來的冷靜瞬間崩盤，面對阿薩特平靜卻又帶著許些溫柔的眼眸，她竟然不知所措了起來。

「緋凰？」阿薩特掩下看見緋凰慌張模樣以後浮現的笑意，狀似無意的坐至緋凰一側，慵懶的靠在花園長椅上等候緋凰展開這次談話。

緋凰花了很長一段時間才重新找回冷靜，她嚴肅問道：「阿薩特，我想知道你『現在』對我的看法。」

她格外強調「現在」一詞，想知道阿薩特是如何看待現在的自己，在知道彼此沒有血緣以後阿薩特明明還那樣溫柔，為何現在卻變得如此陌生？是否真如蘭所說的那樣，阿薩特想要放棄對她的感情了？

阿薩特沉默的望著緋凰許久。

良久後，他才用一種苦澀心酸的語氣反問道：「妳該問問自己妳是如何看待我的才對。最先

對我冷漠的不是妳嗎？」

緋凰一滯，有些僵硬的回道：「那是、因為、我覺得很尷尬……」

「是覺得我很噁心吧？」阿薩特低垂眼眸，沒讓緋凰看見自己眼中的算計。他用著與自己真實心情截然不同的酸澀語氣說道：「我可以諒解。正常女孩在知道照顧自己多年的哥哥其實不是真正的哥哥，還對自己懷抱男女之情，一定會覺得這個『哥哥』很糟糕吧。」

阿薩特不給緋凰解釋的時間，繼續說了下去：「以前我說過我是隻鷹，會永遠庇護妳這隻鳳凰。但我當我發現鷹開始追不上驕傲高飛的鳳凰時，我決定不要再當追逐妳的雄鷹了。」

聽到最後一句話時，緋凰只覺得腦袋一片空白——阿薩特這句話的意思，是說要放棄喜歡她的這件事了嗎？

隨之而來的是某種委屈與氣惱交織的複雜情緒。

緋凰憤而站起身來，怒聲責問道：「你明明說會永遠保護我的，怎麼可以出爾反爾！」

「我用什麼身分保護妳？」阿薩特直言反問：「既然我們沒有血緣關係，我也失去了名正言順保護妳的資格。往後妳若有心儀對象，我還繼續守在妳身旁的話，對方會如何看待妳我之間的關係？對方又如何能夠接受自己愛人的身旁，還有一位愛慕著自己女人的情敵存在？」

阿薩特冷哼了一聲，神情驕傲。他坦言道：「是，我喜歡妳，我愛妳！但妳又是怎麼看待我的？如果沒了『哥哥』這層身分，我憑什麼保護妳？我是個男人，我想要的是一場公平的感情與身分，而不是被別人當成是妳的保鑣或手下。」

「我、我……」緋凰因為阿薩特直接坦承心意，先是臊紅了臉，爾後表情卻變得蒼白。她確實沒有考慮過這一點，若她繼續貪圖阿薩特的溫柔，別人又會如何看待阿薩特？她是否太自私了，只顧著滿足自己的感受，卻忽略了阿薩特的心情。

「我很抱歉……」良久後，緋凰只擠得出這麼一句話來。

阿薩特知道今天給的刺激夠多了，他也是趁著酒意，才會一古腦的將自己一直憋在心裡的話全都說了出來。呼，如果他們真有血緣關係，或許他就不會有這樣的期望了吧……期望終有一日，緋凰能回應自己的情感。

「等妳想清楚妳是如何看待我的時候，再來找我吧。」阿薩特一如過去那般的抬手為緋凰理順她垂落的髮絲，隨後就想起身離開。

「等一下！」緋凰忽然叫住了他，眼神在猶豫過後轉為堅定。「我今天是希望能夠弄清楚自己對阿薩特到底是什麼樣的心情，我不想再這樣一直苦惱下去了。在我沒搞清楚之前，你不准走！」

最後，緋凰還是又下意識的態度強硬了起來。

阿薩特回首，淡淡一笑：「哦，那妳打算怎麼做？」

緋凰俏臉染上紅霞，目光有些閃避。「我以前聽別人說，如果想要確定自己是不是喜歡對方，可、可以……」聲音越來越小。

阿薩特眼中閃過一絲深沉，說：「可以什麼？我沒聽清楚。」

「可以試著接吻，看自己有沒有感覺啦！」緋凰羞澀的大吼出聲。

「妳確定？」阿薩特強忍笑意，裝出一副驚訝的模樣來。

緋凰害臊又彆扭的點著頭。

「如果妳不喜歡，記得要推開我。」

沒給緋凰猶豫的機會，阿薩特一把攬住緋凰的纖腰，直接把她扯進了自己懷裡。就在她還不知所措的時候，低頭吻住了她。

緋凰瞬間漲紅了臉，下意識就想尖叫出聲，卻被吻得更深。她全身僵直的被阿薩特抱在懷裡，身子不由得隨著這個吻放鬆了下來。

阿薩特最後放過了緋凰，看著她失神恍惚的模樣，嘴角彎起笑弧。

「沒推開是喜歡的意思？還是不太確定要再來一次？」

緋凰瞬間回神，立刻推開阿薩特，往後方退了好幾步還不望抬手掩脣，臉上紅霞滿布。

阿薩特目光炯炯的望著她，「是喜歡，還是討厭？以後我們的關係會朝什麼方向發展，全看妳今天的回答。」他沒想到緋凰竟然會採取這樣的行動，不過，正入他下懷。

「我、我才不知道呢！」緋凰只覺得心慌。

這時，阿薩特忽然嘆了一口氣，眼神轉為柔和。他說道：「如果妳不討厭，往後我就不做追逐妳的那隻鷹；我願作梧桐，供妳這隻鳳凰棲身。如果妳願意讓我成為妳的唯一……我要的不多，只是希望妳能夠回應我同樣的情感而已。」

他溫柔話語中帶著深濃的情意，直讓緋凰震驚。羞澀與感動的心情瀰漫心頭。她發現自己不但沒有任何討厭的感覺，相反的還很喜歡。或許，她對阿薩特也有著同樣的心情也不一定？

「可是，很多人都說我很強勢，不是男性眼中的理想伴侶。」緋凰顧左右而言他。

「我不在意。」

「我不賢淑也不想料理家務。我、我想當個以事業為目標的女強人。」

阿薩特笑答：「沒關係，我很賢淑又擅長家務。妳想當女強人沒關係，我就當在妳背後成就妳的男人。」

緋凰臉一紅，低聲囁嚅道：「哥，對不起。以後我們還是可以像以前一樣吧？只是這一次，我會珍惜你的好。」她又像以前那樣親暱的稱呼阿薩特，語氣變回過去那個唯有在阿薩特面前才

有的輕柔聲調。

緋凰主動走近阿薩特，偎進了他的懷裡，以行動給出了回答。

「嗯。」阿薩特這才溫柔的笑了，心滿意足。他知道，往後懷中的這頭鳳凰將只屬於他這棵梧桐。

他將成為緋凰永遠且唯一的歸屬。

「緋凰，我愛妳，妳呢？」

「我會害羞，不要說好不好？」緋凰將臉埋進阿薩特懷裡，死活不肯說出那三個字。

看樣子，若想聽傲嬌緋凰說出那句話，阿薩特還有得努力了呢！

Chapter End

希望終焉

卡爾斯眉一挑，對著前來分享好事的阿薩特詢問道：「所以，你終於拿下那隻驕傲鳳凰了？看不出來你手腳挺快的。」

阿薩特笑得燦爛，「雖然緋凰還不肯跟我說那三個字，不過我們算是在一起了吧。老大你可別跟緋凰說我有跟你談論她的事情。她臉皮薄，我怕你糗她個幾次，她就會惱羞成怒的跑來跟我說要分手了。」

「放心，我沒那麼無聊。」卡爾斯暢快一笑，「既然你喜奪芳心，老大就按照約定請你喝酒啦！走，今天不醉不歸——」

兩人相視一笑，結伴飲酒去。

聊著聊著，卡爾斯不經意提起了靈風：「如果靈風在的話，一定能和阿薩特處得很愉快。你們一個是腹黑，另一個毒舌，兩人都是假紳士，絕對有很多共通話題可以聊。」

「假紳士哈哈！為什麼這樣說？靈風是那位永夜精靈王吧？我看過他，但礙於對方身分，所以不敢貿然親近。沒想到靈風以前竟然也在老大的星盜團裡待過？」

阿薩特聽卡爾斯這樣說，不禁對靈風這人感覺好奇了起來。沒想到那位英挺威武的精靈王，竟然會被卡爾斯稱作「假紳士」？這可有趣了。

「嘿，說起來靈風一開始很討厭君兒呢……」

卡爾斯自然不會錯過跟有共通話題的人討論友人糗事的機會。

＊＊＊

「哈、哈啾！哈啾！」黑髮男子連打了好幾聲噴嚏，他瀏海凌亂的蓋住眉眼，露出半張冷峻臉龐。「可惡，一定是老大在說我壞話！」

一旁，和他擁有同樣髮色的少女轉過頭來，用著一雙深邃又綴滿星點的眼眸看著黑髮男子，微笑問道：「你就那麼肯定是老大在說你壞話？搞不好老大是在想你呢。」

「呿，老大會想我？他天天想他的小羽毛就夠了，哪還有我的分兒？」

站在少女旁的另一名赤髮男子似笑非笑的看著黑髮男子，語出調侃：「你這話酸味挺重的，莫非靈風你在吃卡爾斯的醋？」

黑髮男子氣得直跳腳。「誰吃老大的醋了？我是絕對不會承認我有那麼一丁點想念和老大作伙打劫，當星盜的愉快日子了！」

說完，黑髮男子揚起一抹惡意笑容來，衝著赤髮男子開口說道：「哼，我知道你嫌我是大燈泡。我知道你的內心有無數次嫌棄君兒親愛的哥哥，也就是你的大舅哥我，埋怨我為什麼要跟著

你們一塊被黑洞甩到這個異世界來！害你想要跟愛人有些親密點的舉止都不行——」他拉長了尾音，笑容曖昧。

「唉呀呀，說什麼得回到我們的世界以後、正式迎娶了君兒之後才會碰她，嘖嘖……我對苦苦隱忍渴望的你聊表無限的同情心。啊，還是孤家寡人的好，無事一身輕。」

黑髮男子的這句話，令赤髮男子額上青筋繃了一繃。赤髮男子皮笑肉不笑的問道：「我以前怎麼都不知道原來靈風你這麼聒噪？」

「那是因為以前我跟你不熟，親愛的妹婿，以後你就會更了解我了。」黑髮男子笑得燦爛，自來熟的抬手搭上了赤髮男子的肩——想當然自然是被赤髮男子賞了幾個警告瞪視，最後還直接被拍了開來。

見此，黑髮男子囁嚅道：「小氣，我妹妹抱你親你就行，我只是搭個肩——」

「靈風，你再說我就揍你囉！」一旁的黑髮少女早已羞不可抑。她小心的看了身旁的赤髮男子一眼，沒有忽略赤髮男子額上的青筋。

靈風的毒舌，果然是連寡言冷漠的天穹都能惹毛的可怕武器。

——這三人，便是被黑洞吞噬，卻被意外甩到另一個未知世界的君兒、戰天穹和靈風三人！

正如巫賢所預料的，他們還活著，且不停的在這個陌生的世界尋找回歸新界的方法與道路。

只是這個世界沒有星力，而是使用別種力量進行修煉。這使得三人被黑洞甩到這個世界以後，便陷入沒有力量可以使用的窘境。好在君兒和靈風還有符文技巧，戰天穹就算失去力量還保有強健體魄，三人才勉強能夠在這個比新界還危險許多的世界中行走。

但除了力量外，語言也成了他們初抵異界遇到障礙的原因之一。若非靈風還能傾聽動植物的心靈之聲來學習這個世界的語言，他們早就迷失在這片似乎比新界還更為廣大的奇異世界之中。

「靈風，你確定是這個方向嗎？我們離開精靈族進入這處叢林也快一個月了，一直都還沒找到精靈族說的遠古遺跡。」君兒有些擔憂的看了林間一眼，對於自己幾人深入林間卻始終沒有到達目的地一事感到困惑。

靈風自信開口：「哎，就相信我的方向感吧？好歹我也是精靈，叢林就是我的天下，我不可能認錯方向的。」

這個異界存在著與靈風幾乎完全一樣的精靈族群。儘管特色與風格有些不同，但還是令這個世界的精靈族群接納了靈風這位異界精靈。

曾經身為精靈王的靈風，也因為精靈一族的友好，將精靈母樹的栽培法術教導給了對方；而對方在知道了他們要前往遺跡，也教導了他魔法陣技術。

因為這個世界的精靈一族援助，靈風三人才得以在這個陌生世界得到可能可以協助他們回歸

故鄉的空間魔法陣的消息。

戰天穹用著殺氣逼退一頭意圖偷襲他們的魔獸，回首向靈風問道：「那個遺跡真的存在嗎？畢竟，聽說那是這個世界幾千年前的遺跡了，就算存在，搞不好也因為歲月而破損不堪。要知道，我們是要使用那個遠古遺跡裡的空間傳送魔法陣，想辦法回去我們的世界，若是遺跡毀壞，修復也是一大工作……次元傳送對這個世界而言也是極其高等的魔法陣技術，一旦出錯，我們有可能又會被傳送到別的世界去也不一定。」

靈風挺直了腰背，神情嚴肅。「就算壞了我們也得修好它！那是我們唯一打聽到的，擁有空間傳送魔法陣的遺跡了。好在這個世界的魔法陣學與符文技巧有許多相似的脈絡可循，而且精靈一族也將他們擁有的魔法陣技術傳給了我們，相信我和君兒一定能想出辦法重新修復那個魔法陣的。為了回去我們的世界，哪怕只有一線生機，也得去努力爭取！」

君兒上前走至戰天穹身旁，重新施放了幾個符文，取代他身上時效就快結束的加持符文。隨後君兒笑道：「不要緊的，我們一定能回去我們的故鄉的。」

戰天穹這才略微緩和了神色，「抱歉，害君兒得和我一塊流落異界。」

「還有我，不要忘了我啊！」靈風硬是要插話破壞小倆口之間的溫馨氣氛。

君兒無奈的瞪了靈風一眼。不過，看著笑容燦爛的靈風，她還是忍不住笑了。

「笨蛋哥哥，謝謝。其實你才是不需要跟上來的那個人才對。」

君兒有些愧疚。當時她察覺到戰天穹放棄希望一事，絲毫沒有猶豫的就想和他一起迎接被黑洞吞噬的結局，沒想到靈風竟然跟了上來，就為了告訴他們靜刃最後提醒的意思——如果眼前的黑洞是象徵毀滅與絕望的力量，他們若是反抗或是放棄希望，就會在進入黑洞時被徹底抹殺；但如果他們能順著黑洞的引力被吸入其中，或許能夠發生奇蹟也不一定。

他們在了解這件事以後，也知道黑洞似乎一定要將人吞噬進去才會結束，便選擇坦然面對黑洞，任憑黑洞引力將他們捲入。沒想到，最後竟被黑洞裡凌亂的空間之力甩進了一處類似原界與新界連通的時空隧道裡，直到抵達隧道末端，來到一處陌生世界為止。

這趟旅程進行了許久，他們也對這個不同於新界的異界有了初步了解，但回家終究是他們的最終目的。

「咦？」靈風忽然止住了腳步，卻是走近了距離他最近的一棵樹木，將額頭貼了上去，似乎在感應什麼。隨後，他回頭對另外兩人驚喜喊道：「快到遺跡了！這株樹木告訴我遺跡就在前方了，我們加快腳程，看能不能傍晚前抵達遺跡。之後還要花時間破解遺跡的防守機制，如果防守機制還在運作的話……無論如何，我們繼續前進吧！」

三人臉上皆是驚喜與堅定，加快了前進的速度。

無論要花費多久時間，他們一定要回去他們的故鄉！

在那裡，相信大家都還等著他們呢。

＊＊＊

「龍滅戰爭」結束後百年，新界已然模樣大變，在星體外圍的大氣層以外建設了許多高科技的宇宙空港，許多星艦來往其中。人類的星空版圖也從新界一路向外擴張，並且發現了好幾顆生命行星。

一如往常的，巫賢正在閱覽滄瀾學院科學家對於「黑洞」的研究資料。這百年來他看過不下千萬篇研究學說，可惜都沒有一篇能夠成功開啟龍族禁咒最後召喚出來的黑洞。他很清楚唯有重新開啟那處黑洞，才有辦法找到君兒等人失落的世界道路。

牧非煙忽然闖進了辦公室，驚喜的吶喊道：「阿賢，靈風留下來的母樹樹枝有反應了！」

那枝紫晶樹枝在沉寂多年以後終於有了動靜。

就在巫賢驚喜之餘，他也收到了黑洞研究站傳來的空間異常報告。儘管那是只有一段極短時間的細微變化，卻在隨後巫賢比對紫晶樹枝有所反應的時間以後，肯定了這兩者之間存在著「同時性」的關聯！

這是否意味著君兒等人正在嘗試透過紫晶樹枝，試著尋找回到新界的星空座標？

「煙兒，快，啟動我設置的訊號放大法陣，加強紫晶樹枝內部的力量波動，看看君兒他們能不能感應得到！」巫賢神情激動，開始和妻子著手展開了新的工作。

黑洞研究站開始傳來更多的空間變化報告，並且間隔越來越短，讓巫賢和牧非煙不由得提心吊膽了起來。他們深怕這可能是全新危機降臨的預警，所以聯繫了幾位熟悉之人，大夥一同前往黑洞研究站，並且暫時性的遣散了研究站的研究人員，改由巫賢擔當監控者，以便在黑洞出現任何異常變化時可以立即反應。

而一到黑洞研究站，巫賢就開始透過命運法術試圖要了解黑洞的變化是否與君兒等人有關，又或是新災難降臨的前兆。

「巫賢爺爺，怎麼樣？會不會是我爹他們要回來了？還是哪個不知死活的宇宙仲裁者想要透過黑洞抵達新界？」

戰龍站在巫賢身旁，沒個幾分鐘就忍不住問一次，問得巫賢很是心煩。

「好了，龍你安分一點，別一直煩巫賢大人。」

在戰龍身邊，一位銀髮飄逸、容貌秀麗的女性無奈的扯了扯戰龍的衣角，要他不要打擾正在

專心監控黑洞的巫賢。那是戰龍死纏十幾年，最近終於追求到手的一位女性，也是在場其他人很是熟悉的一位角色——塔萊妮雅。

當戰龍向眾友光榮宣布自己終於追到塔萊妮雅時，想當然是崩落了一地眼球，眾人皆是不敢相信大老粗戰龍竟然能追到溫柔賢淑的塔萊妮雅……至於戰龍和塔萊妮雅的故事，那是後話。

卡爾斯、紫羽、緋凰、阿薩特、蘭，還有其他幾位與戰天穹熟識的守護神，如今都齊聚一堂，焦急等候著巫賢的結果；可惜羅剎仍舊沒有復原甦醒，沒能讓羅剎甦醒一直是巫賢心頭最大的遺憾。

百年過去，大夥都各自有了變化；唯一不變的，是他們始終堅信著戰天穹等人一定會回來的信心。

＊＊＊

另一方面，君兒和靈風經過漫長的研究，終於將遠古遺跡裡的空間傳送魔法陣利用符文技巧修補完畢。

此時，靈風正在試圖透過魔法陣，感應遙遠所在他留下的紫晶母樹樹枝位置。當初他塞進牧非煙手中，那枝留有自己力量並且與自己能夠互相感應的紫晶樹枝，是他們回歸新界的關鍵物品。雖然他們擁有魔法陣，但唯有取得正確的次元座標，才能前往正確的所在。

「行了！我找到座標了。」靈風揚脣一笑，開始著手設定魔法陣的座標。這件事只有他能夠辦得到，連君兒都只能在一旁乾瞪眼。

當眼前極其複雜的魔法陣亮起了光輝，三個人都激動得難以言喻。

一扇空間門出現在魔法陣的正上方！

當靈風三人打開了魔法陣空間門後，新界那一頭的黑洞也同樣有了變化——有個相同類似的門扉自過去黑洞的位置突兀出現。

靈風距離空間門最近，當他站起身想要回頭詢問「誰先來」的時候，戰天穹像是想到了什麼事情，臉色一沉，直接一腳把他踹了出去！

「啊——戰天穹你這個混——！」

一陣令人難以忍受的空間錯亂感，讓靈風話語戛然而止。隨後他以一種頭下腳上的姿勢摔出了空間門。宇宙特有的飄浮感讓他下意識的展開光翼，邊穩定身子，邊甩著腦袋試圖讓穿越空間門的暈眩感消失。

然後，當靈風和附近等候的人對上眼時，他的神情先後閃過激動、感慨、惆悵與欣慰，最後

停在欣喜。

他回頭，對著沒有動靜的空間門大喊道：「君兒、戰天穹，快來喔，大家都在等你們呢！」

他展翼飛到一側，為身處空間門另一側的兩人讓出了位置。

就在空間門另一頭，君兒和戰天穹都聽見了靈風的呼喚，皆是面露驚喜。

經歷了漫長的努力與堅持後，他們終於看見了奇蹟。

他們兩人相視一眼，手拉著手踏進了空間門……

——我們回來了。

魔女與惡鬼的故事還沒有結束。未來，他們的足跡將踏遍無數個星系與位面，留下更多的故事……

《星神魔女09》完

《星神魔女》全套九集完結，全國書店、租書店、網路書店持續熱賣中！

Chapter FT

後記

耗時十四個月，實體書版本的《星神魔女》終於來到了結局。

相信很多看過網路VIP連載的讀者會發現實體書內容變動許多，主要是實體書版本在出版社編輯Scarlett的建議下，修改調整了部分內容，懷抱著希望能以更完美狀態呈現給讀者的想法，我大肆重寫本來的劇情內容，可以說實體書的內容整個翻新，讓拿到實體書的讀者可以讀到更進步、更精彩的《星神魔女》。

當我回頭翻看舊版的內容時，可以感覺到自己在寫實體書時的進步跟成長。昔日的生澀文筆，如今已然越發成熟，但相信我還有許多可以進步與發揮的地方，這也是未來我將會努力探索的課題。

當我寫下結局時，覺得很是自豪、感動，同時也有些感慨，因為這意味著我和君兒他們一起進行的旅程將要告一段落。當然，也因為脫稿後的解脫輕鬆，哈哈。XD

魔女君兒和惡鬼戰天穹的故事將會繼續下去，或許有機會他們也會出現在我未來的作品中也不一定（笑）。

曾經有位讀者「朵喵喵」說我的專欄裡頭就像裝了另一個宇宙。這句話成了我往後寫作的一個提醒。正如同《星神魔女》本書中的巫賢和牧非煙其實是來自於另一個平行宇宙中的人，我也同樣期許自己的每一本作品就像一個平行宇宙，或許終有一日，這些世界能夠透過一些機緣巧合而串聯在一起也不一定。

來談談《星神魔女》的起緣。

《星神魔女》一開始是從一場夢境中誕生的。一個屬於魔女和惡鬼的故事。

也因為那場讓我記憶深刻的夢境，我從此喜歡上了「魔女」和「惡鬼」這兩個字詞。筆名「魔女星火」儘管是因為「星火」在當時連載的文學網已有重名，才額外加上了「魔女」一詞，但仔細想來，這或許是宇宙的小小安排吧。

有了一個開頭的夢境靈感，在往後的日子裡，我開始在日常生活中收集寫作需要的角色靈感以及名稱——諸如故事中男主角戰天穹的稱號「凶神霸鬼」，其實「霸鬼」一詞源自於我老公某次玩遊戲時突發奇想下取的暱稱；當然，事後我也同樣發現「霸鬼」一詞其實在早期的一部動漫《靈異教師神眉》中出現過（笑）。

故事的設定從一開始鬼大人是半機械生化人（純未來科技的設定），到最後改寫成如今這個版本；性格也有略微調整，不過整體而言寡言依舊。

其實在寫作的過程中，君兒的性格改過了許多次，最後終於將她設定成一位無論面對任何困境，都能夠堅強、坦然面對的女孩。

君兒這個角色其實是我最期許成為的模樣，因為在一開始踏入寫作的時候，我還是一個膽小、懦弱、受到他人影響動不動就想放棄夢想的人。可隨著故事進展，君兒的堅強不僅感動了故事中的其他人，也連帶感動了這個寫故事的我……

懷抱著這樣的感動，我不經意的隨著君兒的成長，也跟著成長為能夠勇敢面對苦難、能夠堅定夢想的人了。

我想著：「既然這個故事可以感動我，那相信一定也能夠感動更多人吧？」

雖然還是有難過傷心、懦弱不自信的時候，但我覺得君兒使我成長，希望看這本書的人也能如此。

哪怕只是些微的感動、點滴的感觸，便不枉我寫作的辛勞。

讀者的感動，便是我的成功。

隨著故事的緩慢延伸，以及不停反覆的修改與調整、捨棄重寫了很多版本，最後終得以將完整的故事呈現在大家眼前。畢竟，《星神魔女》可以說是我這輩子第一次認真想要完成的一套故事，所以在這段寫作的過程中，前後修改了多次，有因為文筆無能所以捨棄的版本、也有對劇情走向以及角色不滿意而刪改的版本。前前後後，直到實體書出來，已經經歷了十三個版本的翻寫……或許是先前的信念讓我對《星神魔女》懷抱著很大的期許，才會讓我花上了將近兩年多的時間去完善這部作品。

這是我第一次認真完結的作品，也是我生平第一套實體書。

一開始的我有點傻，單純的想著：「如果我堅持到底並且成功的話，希望可以透過我自己和故事裡頭君兒的經歷告訴大家——只要堅持到底，永懷希望，奇蹟就一定會出現。」

我或多或少受到了二技時期，朱學恆老師來學校的一場熱血演講影響，從那時候開始，在即將離校踏入社會的我的心中，埋下了實現夢想的種子。直到進入社會打滾兩年，為自己那樣茫然苦悶的生活痛苦了兩年，才毅然決然捨棄過去所學，抱著「反正我什麼都沒有，失去的話不過也只是回到零，大不了重新開始就好」的心情，一心踏入寫作領域。

事實證明，堅持很重要，而這段走在「堅持」路上的心態也同樣重要。

在寫作的時候我很快樂，感覺我好像與角色們一起活在同一個世界，以一位「旁觀者」的視角去觀察他們的喜怒哀樂，看著他們越過生命的荊棘深谷，爬上成功與成長的巔峰。

作家倪采青曾在《變身暢銷小說家》一書中提及：「寫作是一種自我療癒的過程。」

我在自己寫作的生涯中，深刻的肯定了這點。

在《星神魔女》兩年多寫作的時光裡頭，我自己的進步連自己都能感覺驚訝。並且我從中找到了能讓我生命快樂的奇蹟——「寫作」不知何時成了我一天之中費時最多的作業。

很多人說，當喜好變成工作，會變得沒辦法從喜好中得到過去那樣單純的快樂。我覺得這是可以調整的。曾經我也因為過稿之後，有了合約壓力而無法動筆的窘境，我再也沒辦法從寫作中找回一開始寫作的熱情與快樂。

但究竟是如何煥發熱情的呢？我想每個人的情況都不一樣，說老實話，我也不記得自己後來是如何找回熱情的（頂鍋蓋逃）。但唯一肯定的是：「當你真心愛著這件事，無論你是否因為外界或內在的因素迷失本心，但你只要願意尋覓、願意探索、願意繼續深愛此事，終有回到原點，重新找回單純喜悅的那一天。」

我很高興我重新找回了寫作的熱情。曾幾何時，寫作凌駕到了我生活所有一切的事物之上，無論每天我在電腦前為劇情糾結多久，就算一整天下來根本沒打出幾行字，我也覺得這樣的生活很快樂，覺得自己很棒。

我做的是我生命中最喜愛的事情啊！比起將時間花費在不快樂事物上的許多人來說，我很幸運，所以我很幸福。

或許很多人覺得一直待在電腦前是件枯燥乏味的事情，但當你全心投入時，你不會感覺時間漫長，反而會覺得時間流逝的極快，一整天不但不空虛，反而很充實愉快。

不過還是得小心注意身體健康唷！

網路上有一句很棒的話分享給大家。

「我希望每天早上叫我起床的，不是鬧鐘，而是夢想！」——魏華星（香港電訊盈科助理副總裁）

願大家都能找到自己的夢想鬧鐘 :)

來談談故事中我最喜歡的角色。

唔，其實真要說的話，如果君兒是我的期許，那麼故事中的男主角戰天穹，就是我內心的另一面。

故事中的戰天穹背負著沉重的罪業，其實就如現實中的我一樣，我也會犯錯、也有連自己都沒辦法接受的黑暗面、也會害怕失去愛。

我相信每一個人都會希望有那麼一個人，能夠完全接受、包容真實的自己。最後戰天穹因為君兒的愛而得以堅強。所以我也希望每個人都能像君兒一樣，成為接受愛人黑暗一面的存在；唯有包容，愛才能愛得深刻、炙熱，並且相伴永恆。

在現實裡頭，我的老公大人一直扮演著包容、愛護著我的角色，無論我做出了怎樣令人嫌棄討厭的事情，他總是會給我一份溫柔的笑容，開導我、鼓勵我；當我毅然決然的離職決心寫作

時，也是他一直默默的守在我身旁，給我需要的支持、為我撐起一片天空，讓我能夠在沒有煩惱擔憂的情況下進行寫作；當我還在不停努力、尚未成功的時候，他便以我為榮，並堅信我一定會成功。

其實真要說的話，我老公同時是故事中男女主角的共同藍本。他擁有君兒包容愛人黑暗面的溫柔，又同時擁有鬼大人默默守候、給予無條件支持、協助愛人成長的特質。真的很感謝他出現在我的生命裡頭。

好了不寫閃光文了，我怕繼續寫下去讀者們的眼會被我閃瞎。XD

來提一件有趣的事情，連續好幾位讀者或朋友跟我分享看書的心得，都提到超喜歡君兒爺爺的這件事。但……爺爺明明第一集第一章開始前就死了啊！為什麼死掉的爺爺那麼受歡迎？！

好吧，或許是後來影響君兒，使君兒能夠如此堅強，全都仰賴爺爺戰無意（淚無殤）教導她的點滴言語。真要說的話，其實我在故事裡頭最喜歡的也是爺爺這個角色。

他就是一本正面能量的完美教材。在生活中，我接觸過很多激勵人心的文字、正向正面的文章等，讓我忍不住也想要藉此在故事中帶進一些能夠激勵人心的劇情，便透過從小養育君兒長大的爺爺這個角色，代替我傳達一些小小卻又充滿能量的訊息給看書的讀者們。

不曉得大家最喜歡《星神魔女》裡頭的哪一句話呢？

一開始透過網路連載《星神魔女》時，其實充滿不安。畢竟，這可是我第一次在公開場合將作品發布出來。可就在開始網路連載以後，宇宙為我送來了許多貴人，真是太感謝了（淚流滿面）。

特別感謝鮮網的戰靖姐以及霏纓姐，因為妳們的鼓勵，讓我的作品得以讓更多人看見；也在鮮網遇見了很棒的作家朋友帝柳、Resoul、夏天晴（天琴）、淋漓盡致（相思豆）、菠蘿龜……等。大家一起互相勉勵、激勵，讓我在寫作這條路上並不孤單；讀者們的鼓勵也讓我既感動又心暖。

因為遇見了太多帶給我力量與感動的人，數量之多後記恐怕無法全部講述完畢，但很感謝這些出現在我生命中的所有人！

在作家朋友們的鼓勵下，懷抱著幾分期盼，終於在一次投稿過後，獲得不思議出版社的出版合約，並在責編Scarlett充滿愛的建議與提點之下，決定要將《星神魔女》全部翻新重寫，讓作品得以以全新樣貌與大家見面。

繪師水梨老師以及多玖實老師的封面都超美的！

更不要說實體書從封面、內頁到圖樣，都可以看見美編的用心，嗚哦哦美編大大還有編輯大

大我愛你們啊啊啊！

嗯咳，這裡也很感謝我的爸媽（母上會看我的書，真是不好意思）。爸媽在知道我決心走寫作這條路以後，對我抱持縱容的態度，讓我無後顧之憂的得以一路前行。謝謝你們的諒解與縱容！

真的是萬分感謝！

感謝每一位出現在我生命中的人，無論你是支持或是打擊，是鼓勵或者是嘲笑，我都要謝謝你們！因為你們，所以成就了現在這個我！

曾經我沒有想過我能夠成為出書作家，只是憑著一股熱血，放棄了工作，一頭栽進寫作的世界裡頭。也曾經迷失、後悔、想要放棄，但許多人的支持跟鼓勵，還有自己對寫作的熱愛與執著，讓我堅持了下來。

這也讓我明白，原來只要有心，我也辦得到；只要我堅持，機會就會出現；只要我懷抱希望，奇蹟終會降臨！

《星神魔女》裡頭有許多我用來自我鼓勵的話語，也希望這些文字能夠感動看書的你。

有朋友拿到書以後，第一件事就是問我：「怎麼沒看到後記！」

唔，好吧其實是因為我、我懶，所以才沒有寫的……（戳手指）

嗯，其實我自認是個性格古怪悶騷的作者啦（遠目），基本上人際互動是我非常不擅長的一個環節，這點無論現實或網路都一樣。我可以說是很自得其樂的一個人（笑）。因為我不常和讀者互動，所以很感謝讀者的默默關懷與包容，也謝謝你們分享給我的心得，並且把妳們的感動分享給我知道。

謝謝大家一路以來的支持。

偷偷告訴大家，《星神魔女》番外將會在二〇一四年二月的書展正式發售，聽說編輯還特別準備了神秘的小禮物要呈現給喜愛《星神魔女》的大家喔（啾咪）。那份小禮物可是連我收到消息後都激動不已呢！真是太感謝編輯跟不思議工作室了，我感動到激動了好幾天。

番外本將會是講述戰天穹過去經歷的單集故事，將會揭露他為何變得如此冷漠、過去的他究竟經歷了什麼、又是什麼讓他沉默背負「罪業」直到今日。

另外，番外本還有其他角色的番外小傳，讓我們敬請期待囉～

最後，我私底下準備了一些小禮物給喜歡《星神魔女》這套書的讀者們。小禮物有我弟妹贈

印給我的星神正反兩面的書籤、小L夾以及我的手製書籤（上頭會書寫一些劇情中的正面字句）等。雖然不多，希望大家會喜歡～

詳細的禮物取得方式，將會在第九集完結篇正式發售以後，公布在星火的部落格裡頭，網址是http://fei0203018.pixnet.net/blog。不過，基本上可能是會想要看看讀者們的心得以及最喜歡作品中的哪一位角色、故事裡頭的哪一句話等這類型的小問題。

其實一直以來，我並不怎麼熱衷於跟讀者互動，也沒有正式以筆名建立粉絲專頁，對外的主要聯繫方式恐怕只有噗浪（http://www.plurk.com/Mei_Jyun）跟部落格、專欄裡頭的留言版了。主要是因為我很怕生又害羞（汗），不好意思向讀者主動開口希望能得到心得回覆。不過既然作品完結了，我多少還是希望聽聽讀者對這套故事的想法。

就請各位和我分享你們從《星神魔女》中得到了多少感動吧（羞）。

此書獻給一路無條件支持我的老公大人。

在我最迷惘、茫然的時候，是你一路陪著我走過那段最黑暗的時間；當我決定為了夢想要拚搏一次時，是你堅強的為我一肩挑起了生活所需的金錢支援；當我想要放棄的時候，是你鼓勵我繼續堅持下去，就算一年不行，那就再寫個兩年、三年，你相信我一定會成功；當我遇到瓶頸時，是你陪著我討論劇情走向，並且給了很多很棒的建議。

如今我成功的出版了實體書，我將這份成功獻給一路支持我的你。

最後也獻上誠摯的感謝與祝福，給拿著本書，看到最後這一頁的大家。

未來，我會繼續努力創作更棒的故事。希望每一個拿到書的人，都能夠因為我作品中的某一段話、某篇章節或某段劇情，而深受感動。

我筆名中的「星火」一詞，也同樣是我給自己的期許與鼓勵。

星星之火可以燎原，願我這朵小小星火可以點燃你的內心光輝。

我們下一個故事見囉。^_^

星火　寫於2013.6.12

新書預告
晉江大神 耳雅
全新歡樂愛情喜劇
Novel 耳雅
Illust jond-D
曉風書院的八卦事
三字經

吐槽系作者 **佐維**＋知名插畫家 **Riv**

正港A臺灣民間魔法師故事

《現代魔法師》驚爆登場！

活動辦法

凡在安利美特animate購買
《現代魔法師》全套八集，
在2014年6月10日前（以郵戳為憑）
寄回【全套八集】的書後回函，
以及附上安利美特購書發票影本、
或是於回函上加蓋安利美特店章，
就能獲得知名插畫家Riv繪製的
「現代魔法師超萌毛巾」一條，
準備與泳裝萌妹子一起清涼一夏吧！

備註：
1.可以等收集完八集的回函與發票或店章後，再於2014年6月10日前寄回。
2.主辦單位有權更改活動規則。

典藏閣　采舍國際 www.silkbook.com　華文聯合出版平台 www.book4u.com.tw

不思議工作室_　立即搜尋

飛小說系列075

星神魔女09（完）

攜手＊不悔相隨

出版者■典藏閣
作　者■魔女星火　　繪　者■多玖實
總編輯■歐綾纖
製作團隊■不思議工作室
郵撥帳號■50017206 采舍國際有限公司（郵撥購買，請另付一成郵資）
台灣出版中心■新北市中和區中山路2段366巷10號10樓
電　話■(02)2248-7896　傳　真■(02)2248-7758
物流中心■新北市中和區中山路2段366巷10號3樓
電　話■(02)8245-8786　傳　真■(02)8245-8718
ISBN■978-986-271-398-3
出版日期■2013年11月
全球華文國際市場總代理／采舍國際
地　址■新北市中和區中山路2段366巷10號3樓
電　話■(02)8245-8786　傳　真■(02)8245-8718
新絲路網路書店
地　址■新北市中和區中山路2段366巷10號10樓
網　址■www.silkbook.com
電　話■(02)8245-9896
傳　真■(02)8245-8819

☞您在什麼地方購買本書？☜

1. 便利商店（ ________市／縣）：☐7-11　☐全家　☐萊爾富　☐其他________

2. 網路書店：☐新絲路　☐博客來　☐金石堂　☐其他________

3. 書店（ ________市／縣）：☐金石堂　☐誠品　☐安利美特animate　☐其他________

姓名：________地址：________

聯絡電話：________　電子郵箱：________

您的性別：☐男　☐女　　您的生日：西元________年________月________日

（請務必填妥基本資料，以利贈品寄送）

您的職業：☐上班族　☐學生　☐服務業　☐軍警公教　☐資訊業　☐娛樂相關產業

☐自由業　☐其他________

您的學歷：☐高中（含高中以下）　☐專科、大學　☐研究所以上

☞購買前☜

您從何處得知本書：☐逛書店　☐網路廣告（網站：________）　☐親友介紹

（可複選）　☐出版書訊　☐銷售人員推薦　☐其他________

本書吸引您的原因：☐書名很好　☐封面精美　☐書腰文字　☐封底文字　☐欣賞作家

（可複選）　☐喜歡畫家　☐價格合理　☐題材有趣　☐廣告印象深刻

☐其他________

☞購買後☜

您滿意的部份：☐書名　☐封面　☐故事內容　☐版面編排　☐價格　☐贈品

（可複選）　☐其他

不滿意的部份：☐書名　☐封面　☐故事內容　☐版面編排　☐價格　☐贈品

（可複選）　☐其他

您對本書以及典藏閣的建議________

____

____

✌未來您是否願意收到相關書訊？☐是　☐否

✍感謝您寶貴的意見✍

印刷品

請貼
3.5元
郵票

235 新北市中和區中山路二段366巷10號10樓

華文網出版集團　收

（典藏閣－不思議工作室）

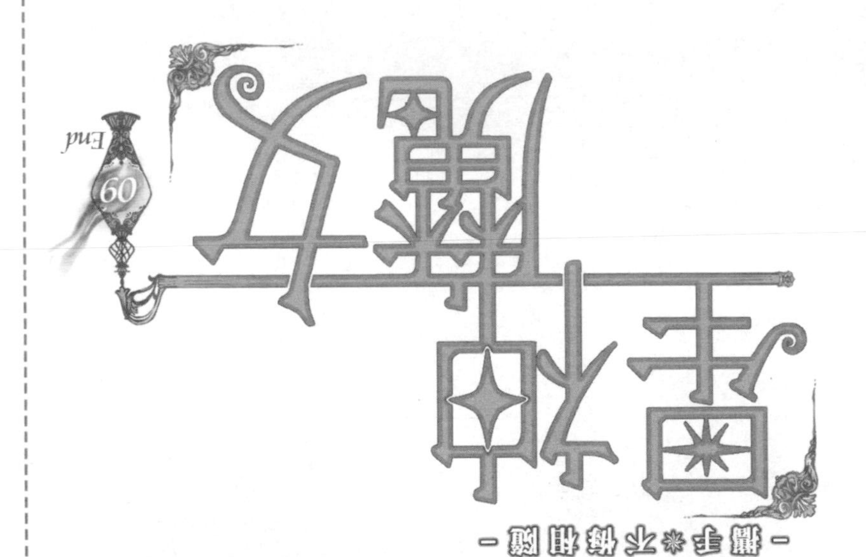